AF211085

Musa Karbadağ

Wasser ist sicherer als das Land, Mama

FSC
www.fsc.org

MIX

Papier aus ver-
antwortungsvollen
Quellen
Paper from
responsible sources

FSC® C105338

»Ihr müsst verstehen,
dass niemand
seine Kinder in ein Boot lädt,
bevor nicht das Wasser
sicherer als das Land ist.«

Warsan Shire*

Impressum

Die Deutsche Nationalbibliothek verzeichnet diese Publikation in der Deutschen Nationalbibliografie; detaillierte bibliografische Daten sind im Internet über dnb.dnb.de abrufbar.

© 2023 Musa Karbadağ

Übersetzung: Übersetzerteam

Gestaltung und Satz: Andrea Thiele

Titelillustration: Rechte beim Verlag

Herstellung und Verlag: BoD – Books on Demand, Norderstedt

ISBN: 978-3-7578-1432-8

Inhalt

Vorwort zu der Entstehung der deutschen Übersetzung

Musa ist Kurde aus der Türkei.

Musa ist seit früher Jugend nach einer Erkrankung an Kinderlähmung gehbehindert und trägt an einem Bein eine Orthese.

Beides prägte sein Leben und machte ihn früh zum Außenseiter.

Musa erreichte Ende 2019 Frankfurt am Main wenige Wochen vor Ausbruch der Corona Pandemie. Er kam aus Griechenland, wo er in einem Flüchtlingslager provisorisch Aufnahme gefunden hatte, direkt zu seiner Frau, einer Kurdin, ebenfalls aus der Türkei, die seit den 90er Jahren Frankfurterin ist und in einem großen Sozialverband arbeitet. Das ersparte Musa zwar die aufwändige Prozedur eines langwierigen Asylverfahrens, schloss aber zugleich alle zusätzlichen Hilfen aus: Krankenkassenleistungen nur bei akuter Erkrankung, keine Leistungen vom Jobcenter oder Sozialamt, keinen Anspruch an das Wohnungsamt bei der Suche nach einer behindertengerechten Wohnung. Musa hatte sich vor Verfolgung und tödlicher Bedrohung in der Türkei retten können, aber der Weg zur Sicherheit in Frankfurt führte durch ein Labyrinth mit unzähligen Sackgassen, Stoppschildern und Umleitungen.

In dieser Situation wandte sich Musas Frau an den Ehrenamtlichen sozialen Dienst der Stadt Frankfurt - und so lernten wir uns im Dezember 2019 kennen.

In der Folge wurde die Wohnung im 4. Stock ohne Aufzug durch eine ebenerdige ersetzt, der Lan-

9

deswohlfahrtsverband Hessen erklärte sich zur Gewährung einer Eingliederungshilfe bereit, ein deutsch-türkischer Sozialarbeiter erwies sich als Lotse und Begleiter im Sozialstaatsdschungel. Ein echter Glücksfall.

Zu diesem Zeitpunkt begann Musa, seine Fluchtgeschichte aufzuschreiben, und etwa ein Jahr später hielt ich ein schmales Büchlein in der Hand, Musas Werk mit dem Titel »Su Karadan Güvenli Anne«, Wasser ist sicherer als das Land, Mama. Wie sie das geschafft hatten, ist ein kleines Wunder.

Natürlich spreche ich kein Türkisch, aber die Idee einer deutschen Übersetzung stand sofort im Raum. Wer könnte helfen? Meine türkischen Kontakte beschränkten sich auf die Eltern im Fußballverein meines Enkelsohnes. Also fragte ich wirklich jeden im Familien-, Kollegen- und Freundeskreis, ob er oder sie jemanden kenne, der mir bei dem Projekt in irgendeiner Weise weiterhelfen könnte. Ein unglaublicher Glücksfall führte mich mit Jutta von Freyberg zusammen, die, mit einem Kurden verheiratet, sich freiwillig „kurdisiert" hatte. Darüber hinaus pflegt sie seit viel Jahren Freundschaften mit Kurdinnen und Kurden, befasst sich intensiv mit der kurdischen Kultur und Geschichte und ist überdies auch von einer tiefen Zuneigung zum gedruckten Wort geprägt.

Sie würde herausfinden, so hoffte ich, ob Musas Text eher eine Reportage, ein Erfahrungsbericht, ein politisches Manifest, eine Abrechnung mit seinem Herkunftsland oder was sonst ist. Jutta verteilte die digitale Fassung des Büchleins unter ihren Freunden und wartete auf Rückmeldungen. Einer sagte:

ein kleines literarisches Kunstwerk, aber vermutlich nicht interessant für ein größeres Publikum. Mehr erfuhren wir nicht, aber das reichte uns. Wir waren hoch motiviert und gingen auf die Suche nach Übersetzern.

Natürlich schlugen einige vor, digitale Übersetzungshilfen zu nutzen, mit grotesken Ergebnissen. Profis könnten übernehmen, aber Honorarvorstellungen von mehreren Tausend Euro überstiegen unser Budget, das wir uns aus privaten Mitteln gesetzt hatten, bei weitem.

Die Geschichte der anschließenden Suche verdiente eigentlich eine eigene Erzählung über ein sich immer weiter entfaltendes wunderbares Netzwerk von Tipps, Hinweisen, Nachfragen, Absagen und dann doch einigen Zusagen. Schließlich teilten sich mehrere Personen den Text untereinander auf und machten sich an die Arbeit. Zu diesem Zeitpunkt kannten Jutta und ich uns noch nicht persönlich, wir kannten beide fast niemanden von den Freiwilligen persönlich. Keiner wollte für seine Arbeit Geld.

Die Corona bedingten Einschränkungen und einige gesundheitliche Probleme verzögerten immer wieder den Fortgang des Projektes, aber alle blieben dabei, niemand gab auf. Im Laufe der 2. Jahreshälfte 2022 erhielt Jutta erste Übersetzungsergebnisse und begann, daraus einen stimmigen Text zu produzieren. Auch diese Arbeit wäre eine Geschichte für sich.

Ende 2022 hatte Jutta dann aus den verschiedenen Rohfassungen den nun vorliegenden Text gezaubert und zur ersten Lektüre an uns verschickt. Ich war tief bewegt. Bis heute beschäftigen mich Musas Bilder, bei jeder Lektüre entdecke ich neue Facetten.

Inzwischen hatten wir uns zu fünft in Frankfurt getroffen und kennen gelernt. Emre, der deutsch-türkische Sozialarbeiter, übersetzte Juttas Fragen und Musas Antworten, Jutta mobilisierte im Laufe des Gespräches erstaunliche Erinnerungen an ihre kurdischen Sprachkenntnisse und Reisen. Sie verfasste danach Musas Biographie, die im Anhang zu lesen ist.

Unsere Suche nach einem sachkundigen Vorwortschreiber und, ungleich aufwändiger, nach einem Verlag blieb erfolglos und so beschlossen wir, auch diese Aufgaben selbst zu übernehmen – mit einer Do-it-yourself-Methode für die Buchproduktion: book on demand.

Barbara Huebner, Frankfurt am Main

Geleitwort von Rahsan Anter*

Für Musa

Musa ist für mich wie ein Sohn, ein Genosse. Er ist ein Mensch, der zwölf Jahre im Gefängnis zugebracht hat und gefoltert worden ist, aber trotzdem keinen Zentimeter von dem abgerückt ist, woran er glaubt. Nach der Entlassung aus dem Gefängnis kämpfte er mit aller Kraft dafür, die Stimme all jener Gefangenen zu sein, die nach seiner Entlassung im Gefängnis bleiben mussten. Er allein schaffte es, ihre Stimme zu sein.

Als opferbereiter und hingebungsvoller Mensch war Musa die erste Adresse und der erste Kontakt von Dutzenden von Familien, deren Kinder in Izmir im Gefängnis waren. Ich habe miterlebt, wie er – gleich ob am Tag oder in der Nacht, ob bei Regen oder Schnee - Familien an den Busbahnhöfen begrüßte und eine Unterkunft für sie fand, wie er Geld in die Taschen derer steckte, die kein Geld hatten und all sein Hab und Gut für diese Aufgabe ausgab.

Als ob es nicht genug gewesen wäre, dass er so viele Jahre im Gefängnis verbringen musste, folgten danach ständig neue Verhaftungen und Gerichtsverfahren. Ich war traurig, als ich erfuhr, dass er eines Tages mit einem Boot in See stach und mit Flüchtlingen auf eine Todesfahrt ging. Als ich das hörte, war es mir für lange Zeit unmöglich, auf die Ägäis zu blicken, die sich in einen riesigen Flüchtlingsfriedhof verwandelt hatte, auf dem sich täglich Leichen ansammelten.

»Wird mein Sohn Musa das sichere Ufer erreichen?«

Tagelang habe ich voller Sorge gewartet. Zum Glück hat er das Ufer erreicht.

Da ich selbst erlebt habe, dass ein Neuanfang in Europa nicht leicht ist, weiß ich, dass dort, wo sie gelandet sind, neue Herausforderungen auf Musa und Tausende Seinesgleichen warten. Ich wusste aber, dass Musa nicht aufhören würde zu kämpfen, dass er, wo immer er sich aufhält, alle Schwierigkeiten überwinden würde und dass aus allen diesen Schwierigkeiten schöne Werke hervorgehen würden.

Nun, dieses Buch ist die Geschichte des Kampfes von Musa und aller anderen, die wie er gehen mussten.

Lieber Musa, möge der Weg für dich und dein Buch erfolgreich sein.

Rahsan Anter

Meral Şimşek*

Seit der Entdeckung, dass die grausamste Art des Tötens darin besteht, Menschen das ihnen Eigene zu rauben, haben alle Herrschaftssysteme damit begonnen, diese Form des Tötens anzuwenden – und seit Jahrhunderten werden diejenigen, die sich gegen diese bestehenden Systeme auflehnen, zu Migration und Exil gezwungen.

Leider sind etliche von denen, die diesen Bedingungen ausgesetzt waren, vor der Erreichung ihrer Ziele gestorben, was die Herrschenden mit Genugtuung erfüllte. Doch immer gab es Menschen und wird es auch künftig geben, die dieser Art des Tötens Einhalt gebieten.

Musa Karbadağ ist einer von Tausenden, die man zu töten versuchte, indem man ihnen ihre Identität nahm, die es aber nicht zuließen und sich entschlossen zeigten zu kämpfen.

In diesem Ihnen vorliegenden Buch hat sich der Autor nicht damit begnügt, Migration, Exil und Asyl aus der Sicht seiner persönlichen Erfahrung, seiner Identität, zu bewerten. Er hat auch die Auswirkungen des Exils, das von allen bisherigen Herrschenden erzwungen wurde, aus unterschiedlichen Perspektiven untersucht. Er versuchte, uns all dies über gelebte Geschichten in einer literarischen Erzählweise zu vermitteln.

In diesem Sinne wird das Buch, das sowohl die Erlebnisse von Geflüchteten als auch die von ihnen geschaffenen Werke reflektiert, einen wichtigen Platz in den Archiven des Exils einnehmen.

1. Wasser ist sicherer als das Land, Mama

Sie hatten tagelang gewartet und nächtelang kein Auge zugetan. In der Ecke eines Hauses, das einem verfallenen Gebäude glich, waren ihre Rucksäcke wie Fische aufeinander gestapelt. Diese Taschen waren alle ihre Besitztümer. Die Zeit war eingefroren, das Leben floss nicht. Sie standen auf einer dünnen Scheidelinie, an der Hoffnung und Verzweiflung wie an einem seidenen Faden hingen. Jeden Moment konnten ihre Hoffnungen den Bach hinuntergehen und ihr Abenteuer konnte enden, bevor es überhaupt begann.

Was war all das, was sie erlebten? Was war der Grund für diese Spirale aus Hoffnung, Trauer und Unbehagen? Was war der Grund für die Schlaflosigkeit, die weichen Knie und für den Willen, ihre Lieben zurückzulassen? Welche finstere Zeit mussten sie durchmachen? Sollte nicht alles schön werden und Frieden in die Heimat einkehren? Hatten das die Politiker nicht noch bis vor einigen Monaten gesagt? Warum wurde das Schwert des Krieges erneut aus der Scheide gezogen?

In dem Gemenge aus all diesen Fragen stand vor Alans Augen die Leiche von Mutter Taybet, einer alten Kurdin, die auf offener Straße erschossen worden war. Ihre Kinder waren tagelang der Hilflosigkeit ausgesetzt, den leblosen, im Blut liegenden Körper ihrer Mutter nicht bergen zu können. Sie konnten lediglich verzweifelt aus dem zersplitterten Fenster ihres von Einschusslöchern übersäten Hauses blicken.

Und was war mit Cemile? Die Gott zur Weißglut bringende kleine Cemile! Cemile mit ihrem Grübchenlächeln war von einer Polizeikugel erschossen worden, die nichts als Schmerzen hinterlassen hatte. Für sie wurden Gedichte geschrieben und ihr Name wurde in Klageliedern besungen. Die Mutter konnte den zierlichen Leib ihrer Tochter nicht einmal waschen und nach religiösen Pflichten bestatten. Sie hatte ihren winzigen und zarten Körper tagelang im Kühlschrank aufbewahrt, damit dieser nicht verweste. Doch als Cemile geboren worden war, hatte ihre Mutter sie mit dem Himmel kleiden wollen. Jedes Mal, wenn sie auf den weißen Kühlschrank blickte, den sie zu einem Sarg zweckentfremdet hatte, fiel sie wie eine am Stiel geknickte Nelke auf ihre Knie. Nicht Cemile, sondern sie fror. Nicht Cemile, sondern sie war gestorben.

Warum hat Gott Kinder geschaffen, wenn er sie nicht beschützen kann? Und warum nahmen diejenigen, die sich als Mensch bezeichneten, diesen Engeln das Leben? Ich dachte, alle Wesen seien ein Abbild Gottes auf Erden. War dann nicht all diese Brutalität ein Eingriff in die Reinheit Gottes?

Alans Glaube an Gott war wie ein altes Gebäude zusammengestürzt. Die Ordnung der Existenz, die Existenz der Ordnung - sie soll mit Gewalt geschützt und geheiligt werden, sagte er zu sich selbst. Das war die Ursache für all die Todesfälle und Albträume. Er fühlte sich so einsam und erschöpft wie Jesus. Er wollte nichts wissen, denn ein tiefer Schmerz drang aus seiner Seele bis ins Knochenmark. Er wusste nun, dass die Gegend, aus der sie stammten, für ihn und seinesgleichen nicht mehr sicher war.

Das Land erinnerte an den Roman »1984« von George Orwell. Big Brother und die Gedankenpolizei waren überall. Alles, was mit dem Menschen und dem Leben zu tun hatte, wurde beiseitegeschafft. Big Brother hatte das Manifest der Angst mit Blut und Tod zu schreiben begonnen. Politiker, Intellektuelle, Gewerkschafter, Journalisten, Universitätsprofessoren und Studenten verließen einer nach dem anderen das Land, als würden sie aus Nazi-Deutschland fliehen.

Fast fünfzehn Prozent der Bevölkerung befanden sich in Untersuchungshaft oder in Gefängnissen. Nachbarn bespitzelten Nachbarn, Väter denunzierten ihre Söhne. Menschen wurden entführt, gefoltert, am helllichten Tage getötet und verschwanden.

Alan schreckte aus seiner Gedankenmühle auf und schaute aus dem kleinen Fenster der Hausruine, in der sie Schutz gesucht hatten. Die Morgenröte schwebte bereits über den Armenhäusern der Kadife Kale*. Er sah auf seine Uhr, die Zeit der Abreise rückte näher, doch der Schleuser, der sie führen sollte, war nicht in Sicht, nur die Ruinen der Agora, deren eine Seite der Kadife-Burg zugewandt war, blickten Alan mit einer über die Jahrhunderte nicht erschöpften Gelassenheit an.

Einem Gerücht zufolge wurde die Kadife Kale von Alexander dem Großen erbaut. Es ist nicht bekannt, ob es die Liebe der Kurden zur Idealisierung war, - jedenfalls machten sie Kadife Kale zu ihrer Heimat. Die Kurden, die in den neunziger Jahren infolge der staatlichen Politik der Niederbrennung ihrer Dörfer und Vertreibung hierhergekommen waren, gaben Kadife Kale eine neue kulturelle und politische Bedeutung. Die im Inneren der Burg errichteten Tandur-Backöfen und die bunten archaischen Teppichwebstühle erinnerten an Mardin.

Die Agora war ohne Zweifel der wichtigste Teil der Kadife Kale. Diese historische Anlage, die ein weitläufiges Areal unterhalb der Burgbastionen umfasste, stand wie eine unzertrennliche Geliebte bei den Burgbastionen. Aneinandergereihte behauene Säulen, aus Marmorstein gemeißelte Löwenfiguren, Weinkeller, Aquädukte sowie die Altarreliefs des Gottes Zeus krönten diese antike Stätte. Die Stahltreppen auf dem Schotterweg, auf dem die Kieselsteine für den Abstieg ins Erdgeschoss aufgeschüttet waren, sahen recht provisorisch aus. Dieser Notbehelf erinnerte Alan an die Worte des sumerischen Dichters Lodingira*:

»Unsere Zivilisation wird vielleicht an Menschen weitergegeben werden, die Tausende von Jahren später leben. Sie werden auf dem Fundament aufbauen, das wir gelegt haben. Wenn sie sich doch nur an uns erinnern und uns für das kulturelle Erbe danken könnten, das wir ihnen hinterlassen haben!«

Doch der Dank des modernen Menschen an Lodingira besteht darin, dass er diese großartige historische und kulturelle Stätte mit riesigen Einkaufszentren und riesigen Betonpfeilern verschandelt.

Endlich war der Führer, dem sie ihr Schicksal überlassen sollten, eingetroffen. Er sah Alan in die Augen und wandte seinen Blick ab. In Alans Augen lag eine Angst, die sich dem Unbekannten öffnete. Sein fragender Gesichtsausdruck hatte den Führer vom ersten Moment an beunruhigt. Er zog seine Hose, die ihm immer wieder über den Hintern rutschte, bis zur Hüfte hoch und zeigte vom Balkon des an die Burg angrenzenden Hauses auf das Meer von Konak und von dort auf den Horizont, wo sich Meer und

Himmel fast berührten, auf das, was im Westen des herrlichen Meeres lag und sich wie ein Schleier vor ihnen ausbreitete.

Er sagte: »Seht, Brüder, ich werde euch als Geleitschutz zu dem Punkt bringen, an dem sich das Meer und der Himmel treffen, und von dort aus werdet ihr in See stechen. In zehn bis fünfzehn Minuten erreicht ihr die Eselsinsel, und in einer weiteren Viertelstunde erreicht ihr die Ortschaft Virgin Oinousses.«

Die Lockerheit des Führers bei seinen Anweisungen und seine Selbstsicherheit führten dazu, dass sie, anstatt sich zu beruhigen, noch unruhiger wurden. Sie wechselten weder die Stadtteile noch die Stadt. Sie wollten die Grenze illegal überqueren und die Sonne in einem anderen Land begrüßen. War es so einfach, die von der NATO geschützte und vom MIT* bewachte Ägäis zu überqueren? Gegen jeden von ihnen war ein Ausreiseverbot verhängt und sie waren zu Haftstrafen von bis zu zehn Jahren verurteilt worden. Wenn sie erwischt würden, kämen sie sofort ins Gefängnis. Ganz zu schweigen von der Folter, der sie ausgesetzt wären.

Alan sah Mehmet an, der dem Gespräch zwischen ihm und dem Mann aufmerksam zuhörte. Ihm vertraute er bei diesem Fluchtversuch am meisten. Er kannte Mehmet erst seit kurzer Zeit, aber er mochte ihn sehr. Mehmet war ein introvertierter Mann mittleren Alters. Die Tränensäcke unter seinen Augen sahen aus wie vergilbtes Moos. Der Grund für die trübe Traurigkeit, die sich in Mehmets Augen angesammelt hatte, interessierte Alan sehr. Einmal wollte er dessen Traurigkeit ansprechen, aber Mehmet erlaubte es nicht.

Jeder von uns hat eine bleibende Wunde im Gesicht, die von den Menschen hinterlassen worden ist, die wir getroffen haben. Obwohl sich die Wunde im Gesicht widerspiegelt, ist es in Wirklichkeit das Herz, das blutet. Mehmet war nicht bereit, die Last zu teilen, die sein Herz erdrückte.

»Kommt, Brüder, steigt ins Auto!« Mit aufforderndem Ruf stürmten Alan und die anderen Hals über Kopf in den kirschroten Fiat Doblo.

In dem Moment, in dem die Tür des Fahrzeugs geöffnet wurde, drang ihnen der Gestank von verrottetem Fisch entgegen und brannte sich in Alans Atemwegen. Das Innere des Fahrzeugs glich einem Fischerhäuschen. Salz, Eis, Siebe, Zeltplanen, Angelruten, Netze und so weiter. Zwei riesige Wasserkanister, die ihre leuchtenden Farben verloren hatten, weil sie so lange in der Sonne gestanden hatten, verwandelten sich in ein Trommelduett, wenn sie bei jedem Abbremsen des Fahrzeugs aufeinanderprallten. Der Besitzer des Fahrzeugs hatte die Rücksitze ausgebaut und mit Angelausrüstung gefüllt. In Wirklichkeit waren all diese Maßnahmen nur eine Tarnung für die tatsächliche Arbeit. Der Reiseführer beförderte illegale Passagiere in Absprache mit Schmugglernetzen. Der Dialog im Inneren des Fahrzeugs machte dies noch deutlicher.

»Meine lieben Brüder, ich war von morgens bis abends auf der Suche nach dem Reichtum des Meeres, und alles, was ich bekam, waren zwei oder drei Kilo Fisch. Und kennt ihr diesen Hafen von Nemrut? Seit die dort ankernden Schrott-Entladeschiffe Ladung zu den Stahlwerken transportieren, ist unser Glück gänzlich versiegt. Jeden Tag werden Hunderte von Kilo Eisenerz ins Meer gekippt. TÜPRAŞ* in

Aliağa ist ein weiteres Problem. Unsere Meere und Gewässer wehren sich mittlerweile. Aber die Politiker schweigen. Sie wollen nur für sich selbst sorgen...«

Das Umweltproblem war politisch geworden. Der Führer redete und redete, ohne eine Atempause einzulegen. Doch die Insassen des Fahrzeugs verspürten Todesangst, weil sie befürchteten, in eine Kontrolle zu geraten. Sie nickten verzweifelt mit dem Kopf zu allem, was er sagte. Aber der Führer mit dem Schnurrbart, dessen Spitzen schlaff bis zu den Mundwinkeln herunterhingen, konnte nicht genug vom Reden bekommen. Während er sprach, schien es, als würde die Straße vor ihnen länger werden.

»Wenn ihr Glück habt, werdet ihr alle bald Europäer sein. Auf jeden Fall werden die Menschen dort wertgeschätzt. Wenn dein Finger blutet, wird der Staat dir sofort zur Hilfe kommen. Deutschland, Frankreich, Schweden, Holland, Schweiz... Oh mein Gott! Unser Ali ist schon seit Jahren dort, er ist aus Çanakkale Lapseki angereist. Er ist der Sohn meiner Tante. Mit den ausländischen Geldern, die er schickt, verpachten seine Brüder ganz Ezine. Es heißt, er habe sich mit vielen Frauen eingelassen, aber das glaube ich nicht. Er ist sehr geizig.«

Den Mitfahrern, die ihm zuhörten, schmerzte der Kopf. Sie wussten nicht, wie sie den Mann zum Schweigen bringen sollten.

»Oje, ich habe die ganze Zeit geredet, erzählt mir doch ein bisschen von euch. Seid ihr aus Syrien oder von der FETÖ*? Im Ernst, von welcher terroristischen Organisation seid ihr?«

Ferit, ein junger Mann aus dem Stadtteil Torbalı in Izmir, der auch zur Gruppe gehörte, antwortete:

»Mein Bruder, wir sind zu Terroristen geworden, bevor wir überhaupt gesprochen haben. Wenn wir anfangen zu reden, wirst du uns direkt zur Polizei bringen. Habt keine Angst, wir sind keine so wichtigen Figuren. Weder graue noch grüne, wir stehen auf keiner Liste, auf unsere Köpfe gibt es auch keine Belohnung. Also entspann dich, Bruder!«

Ferits Augen funkelten. Er war sauer auf den Mann. Der Führer ärgerte sich über Ferit. Dem Akzent nach zu urteilen stammte Ferit aus Diyarbakir.

»Hey, wäre mein Urteil nicht gesprochen worden, hätte ich dann meine junge Frau mit ihrem Baby im Bauch zurückgelassen und mich in diese Gewässer begeben? Das Gefängnis ist hart, besonders jetzt«, sagte Ferit und wandte sein Gesicht zu Alan.

»Oder nicht, Meister? Um Gottes und des Propheten willen, sag du es mir. Du kennst dich mit Politik aus. In euren Zellen gibt es Verhaltens-, Verfahrens- und Erziehungsbildung. Die Justiz macht die Menschen zu Bastarden, macht sie innerlich zu Mördern.«

Schon in der ersten Phase ihrer Reise hatten sie begonnen, einander ihre Erlebnisse mitzuteilen. Ferit war der Erste, der die Geschichte erzählte, die auf seinen Schultern lastete.

Der am rechten Fenster des Wagens sitzende Landstreicher Bekir war einer derjenigen, die ihr Glück im Ausland suchten und ihre Lebensgeschichte von Grund auf neu schreiben wollten. Ich sage zwar Bekir, aber merkt ihn euch als Beko! Bekir wollte seinen Reisekostenanteil für das Boot, in das sie alle einstiegen, später zahlen. Er würde aber dem Reiseführer das Geld nicht zu dem versprochenen Zeitpunkt geben, so dass sich seine Mitreisenden seinetwegen gegenüber dem Führer, der die schwierige Überfahrt organisiert hatte, schämen würden.

Beko ähnelte den Neandertalern, die als eine der ersten Menschengattungen gelten. Ich möchte diejenigen, die ein enzyklopädisches Wissen über Neandertaler haben, nicht in die Irre führen, aber er hatte ein unheimliches Aussehen mit seinem wirklich riesigen Schädel, der flachen Stirn und den hervorstehenden Kieferknochen. Ich weiß nicht, ob es die Hitze im Fahrzeug war oder die Angst und Panik, die durch die Flucht ausgelöst wurden, - auf seiner Stirn sammelten sich ölige und schmutzige Schweißtropfen. Er roch nach gegerbtem Leder.

Die anstrengende und langweilige Landreise war endlich vorbei. Sie befanden sich an der Küste von Karaburun, ihrem Abfahrtspunkt.

Der Adrenalinspiegel war bei allen auf dem Höhepunkt. In diesem Moment begann Ferit laut die folgenden Worte zu sprechen, die er entweder selbst geschrieben oder irgendwoher kannte und auswendig gelernt hatte:

»Meine Zerya, glaub mir, dieses Exil ist ein faschistischer Herzschmerz. Möge mein Gesicht niemals lächeln, ich liebe dich so sehr wie mein Land, meine Zerya!«

»Du bist wie Şahê Bedo*, Bruder«, sagte Alan lächelnd.

Ferits kleiner Gedichtvortrag sorgte bei allen für ein Lächeln und Beruhigung. Die Spannung in ihnen war für einen Moment verschwunden. Aber die Reise, die sie angetreten hatten, war nicht bequem und romantisch. Bald würden sie sich in den Schoß des Meeres begeben, das sich zur Mitte hin zu einer

Nebelwolke verdichtete und sich jeden Moment in ein schreckliches Ungeheuer verwandeln konnte.

Die Falten auf der Stirn des Führers vertieften sich beim Sprechen, als er auf die zusätzlichen Taschen neben ihnen verwies:

»Dieses Boot kann nicht so viel Gewicht tragen. Lasst alle schwere Dinge außer euren Wertsachen hier«, sagte er.

Mehmet konnte seine Angst nicht länger unterdrücken.

»Wenn eine solche Gefahr besteht, warum schickt ihr uns dann in den Tod? Außerdem war das nicht unsere Vereinbarung mit euch. Ihr wolltet uns mit dem Schnellboot nach Griechenland bringen. Wir haben euch viel Geld dafür gegeben«, sagte er, trat ein Stück zurück und zündete sich seine Zigarette an.

»Schaut, das ist das Angebot... Ihr sagt, es soll sicher, bequem und billig sein. Eine solche Welt gibt es nicht, meine Herren! Gut also, sagen wir den Griechen, sie sollen einen roten Teppich für euch ausrollen. Seht her, ihr seid keine eingeladenen Politiker. Ihr überquert die Grenze illegal von Land zu Land. Entscheidet euch jetzt sofort. Entweder ihr steigt ein oder ich gehe. Euer Geld ist auf einem Treuhandkonto, kein Cent davon wird angetastet. Ich werde meine Unkosten entnehmen und euch den Rest zurückgeben«, sagte der Führer, wobei sein Atem wie das Zischen einer Schlange klang.

In einem Zustand zu verharren, in dem das Leben unmöglich geworden war, bedeutete für sie entweder Tod oder Gefängnis. Sie waren auf der Flucht vor der völligen Verdüsterung ihres Lebens. Das Leben in den Fängen des organisierten Bösen war bereits der Tod.

Der Motor des fünfzehn PS starken Zodiac-Schlauchbootes mit einem Tankinhalt von vierundzwanzig Litern und einem Gewicht von neunundvierzig Kilo begann zu arbeiten. Es hörte sich an wie das Grunzen eines Riesen, der Metallteile schleift. Mehmet, der Unentschlossenste von allen, bestieg das Boot als Erster. Er stabilisierte und sicherte sich, indem er ein paar Mal vor und zurück rutschte. Alle, die entschlossen genug waren, um zu fliehen, auch Alan und die anderen, gingen nun an Bord des Bootes, wären selbst dann eingestiegen, wenn es sich um ein Paddelboot gehandelt hätte.

Der Kapitän des Bootes forderte den Führer mit dem Schnurrbart, der die Passagiere heil an das Meeresufer gebracht hatte, auf, die restlichen Taschen vom Boden aufzuheben. Der Führer nahm die Taschen und rief denjenigen zu, die das Boot bestiegen: »Also, möge eure Reise gesegnet sein. Schickt mir eine Nachricht, sobald ihr angekommen seid. Wartet auf mein Zeichen zum Aufbruch.«

Laut Anweisung des Führers würde das NATO-Schiff von Westen nach Osten manövrieren. In zehn Minuten würde es mit den Booten der Küstenwache, die es begleiteten, weg sein. Doch aus zehn Minuten wurden für sie zehn Stunden. Glücklicherweise setzten sich die Schiffe schließlich langsam in Bewegung. Gerade als sie nach Osten fuhren, gab der am Ufer wartende Führer ein Handzeichen. Unmittelbar nachdem der algerische Kapitän am Steuer des fünfzehn PS starken Zodiac-Bootes Gas gegeben hatte, wurde die Bootsspitze in die Luft gehoben. Nach einer kurzen Phase der Ungeschicklichkeit gewann der Kapitän die Kontrolle, stabilisierte die Geschwindigkeit und setzte seine Fahrt ohne Probleme fort.

Ein leichter Nieselregen begann zu fallen. Trotz des Regens war das Zodiac-Schlauchboot wie ein Segelboot unterwegs und glitt sanft über das Wasser. Während sich das Boot im Wasser bewegte, blitzten alle sichtbaren Erscheinungen vor den Augen der Passagiere auf wie die Farbpalette eines Ölgemäldes.

Als wir uns auf offenem Meer befanden, wurden die Wellen immer höher.

Die tobenden großen Wellen erschwerten ihnen das Vorankommen. Bekir bekam eine Panikattacke; seine Finger und Zehen verkrampften sich, seine Augen schienen vor Aufregung und Angst aus ihren Höhlen zu springen.

»Lasst uns zurückgehen, es ist noch ein weiter Weg bis zur Küste! Lasst uns zurückgehen, sonst landen wir alle auf dem Meeresgrund und sterben! Ich will nicht sterben! Ich will nicht sterben!«, schrie er aus vollem Halse.

Die riesigen Wellen, die wie von den Erschütterungen eines Erdbebens hochschlugen, und Bekirs Panik ließen alle verzweifeln. Doch der Pfeil war bereits abgeschossen. Sie konnten nicht einmal daran denken, umzukehren.

Ferit, der mit seinem Auftreten Selbstvertrauen ausstrahlte, erklärte dem algerischen Kapitän, der am Steuer des Bootes stand, etwas auf Französisch, das er aus dem Übersetzungsprogramm seines Telefons gelernt hatte. Bekir, dem von den steigenden und fallenden Wellen übel wurde, begann sich zu übergeben. Sein schmutziges, safrangelbes Erbrochenes befleckte sowohl das Boot als auch die Kleidung von Mehmet, der neben ihm saß. Nach dem Erbrechen entspannte sich Bekir eine Zeit lang und sagte dann:

»Das nennen sie also Schicksal... Als ob diese Flucht auf meiner Stirn geschrieben stand. Gerade als ich im Begriff war, mein eigenes Imperium zu gründen, forderte diese Flucht ihren Tribut von mir. Haben wir die falsche Antwort auf Gottes Prüfungsunterlagen angekreuzt oder wie?«

Bekir sprach wie ein Philosoph und versuchte, das Erlebte auf seine Weise zu verstehen. Ihm zufolge war das mysteriöse Geheimnis des tragischen Unglücks der Kurden in ihrer Flucht verborgen. Er hielt sich für den Helden einer mythologischen Legende.

Alan dachte an Asterius*, der bei seinem Versuch, Kreta zu retten, viele schwere Prüfungen durchgemacht hatte. In Wirklichkeit waren sie nicht anders als er. Während Asterius nackt und allein in einer dunklen Höhle seinem Schicksal trotzte, befanden sie sich ohne Kompass auf offenem Meer, wo sie jeden Moment dem Zorn Poseidons ausgesetzt sein konnten. Was waren diese verrückten Wellen, die das Boot erschütterten, anderes als Poseidons Zorn? Das kleine, vier Quadratmeter große Boot fing an, sich mit Wasser zu füllen, und sie liefen Gefahr, in den tosenden Wellen unterzugehen.

Mit einem Aufschrei deutete der algerische Kapitän auf die Erhebung vor ihnen. Freude ergriff sie alle. Land war in Sicht. Gut, aber was war dieser sichtbare Ort? Ferit erkannte die Position mit seiner gewohnten Geschicklichkeit. Ja, sie waren an der richtigen Stelle. Aber es gab ein Problem; es bestand ein großes Risiko, dass sie auf die türkische

Seite zurückgeschickt würden, was durchaus möglich war. Täglich sahen sie im Fernsehen das Flücht-
lingsdrama. Das Meer war eine dunkelblaue Todes-
grube für Flüchtlinge. Vor allem seit dem Ausbruch
des Syrienkriegs in den letzten Jahren nutzten
Menschen, die ihre Heimat verlassen hatten, diese Route, um in europäische Länder zu gelangen.
Der türkische Staat verschloss die Augen vor dem
tödlichen Weg der Flüchtlinge, um die Flüchtlings-
massen im Lande zu reduzieren. Es verging kein
Tag, an dem nicht die Leichen toter Kinder an die
Strände der Ägäis gespült wurden. Die tragische
Situation der Flüchtlinge, die wie Schwalben
den heißen Strahlen der Sonne hinterherflogen und
dabei in die Fänge des Todes gerieten, erinnerte
an die Schiffskatastrophe von Struma*. Auch wenn
sich die Zeiten geändert haben, die gemein-
same Tragödie der Menschheit und der Menschen
hat sich nicht geändert. Würde die Geographie, in
der man lebte, zum eigenen Verhängnis? Genau das
wurde es. Alan und seine Gefährten erfuhren diese
Wahrheit wieder einmal durch ihre eigenen Erlebnisse.

Der farbenfrohe Klang der lokalen Musik, die aus
der Ferne kam, wurde hörbar. Der Klang des Instru-
ments, der Rhythmus und die Melodie waren so vertraut. Es war, als würden sie nicht in Griechenland,
sondern in einer gemütlichen Stadt am Schwarzen
Meer ankommen.

Eine vertraute Melodie entspannt die Menschen
immer. Trotz all der Düsternis erlebten auch sie diese positive Wirkung und konnten der Musik nicht
gleichgültig begegnen. Sie begannen zu klatschen
und im Tempo der Musik mitzugehen.

Schnell verflog ihre Freude, denn sie mussten das Ufer auswählen, das sie ansteuern wollten. Jeder hatte eine andere Meinung. Ferit bewies auch in dieser Krise seine Führungsstärke. Er zeigte auf den Fischerhafen, in dem die kleinen Boote vertäut waren, und lotste den algerischen Kapitän dorthin. Der algerische Bootsführer schlug dann, ohne die Geschwindigkeit des Bootes zu drosseln, hart auf dem Ufer auf. Mehmet, der an der Spitze des Zodiacs saß, fiel wie ein Sandsack ins Wasser. Danach sprangen der algerische Kapitän, Ferit und Bekir ab. Dann war Alan an der Reihe, auch er stürzte von der Bugspitze des Zodiacs und landete auf der Orthese seines gelähmten Fußes, die ein untrennbarer Teil von ihm war. Es war, als ob die Schiene der Orthese den Übergang zwischen Leiste und Hüftknochen durchbohrt hätte. Der Schmerz, der in seinem Kopf tobte, war unbeschreiblich. Nachdem er ein oder zwei Minuten innegehalten und durchgeatmet hatte, hob er seine ins Wasser gefallene Tasche auf. Den Schmerz in seinem Oberschenkel ignorierend humpelte er hinter seinen Freunden her, die sich von ihm schon weit entfernt hatten und aus seinem Blickfeld verschwunden waren.

Während er ging, betrachtete er die Stadt mit all ihrer exotischen Schönheit. Diese charmante Stadt erinnerte ihn an einen Roman von Yaşar Kemal*. So beschreibt der Volksdichter in einem Roman das Paradies. Auch das Leben, der Schmerz und die Leidenschaften, die er miterleben sollte, waren dieselben. Wer waren dann Poyraz Musa, Hiristo und Lena* dieser Insel?

Während er in diese Gedanken vertieft war, spürte er plötzlich eine Hand auf seinen Schultern.

Erschrocken drehte er sich um und sah den Besitzer der Hand an. Ein alter Mann mit funkelnden Augen und fischschuppigen Händen lächelte ihn an.

Er hüllte ihn in eine Decke ein. Diese Geste des Mannes nahm den Schatten der Einsamkeit von Alans Gesicht und wärmte ihn wie die Sonne. Es war, als ob der alte Mann das kleine Kind, das am ganzen Körper vor Kälte zitterte, berührt hätte. Er schenkte Alan warme, väterliche Zuneigung. In diesem Moment verwandelte sich der im Inneren verborgene Schmerzensschrei in ein schluchzendes Weinen. Je mehr er weinte, desto mehr umarmte ihn der alte Jorgos und versuchte, ihn zu beruhigen.

Als sein Schluchzen nachließ, nahm Jorgos Alans Arm.

»Ela, komm!«, sagte er.

Als er Alans verwirrten Blick bemerkte, sagte Jorgos mit dem Akzent der Griechen aus der Türkei;

»Komm du. Komm, wir gehen nach Hause.«

Zusammen mit Jorgos betraten sie das Haus, dessen Außenarchitektur und das hohe Dach wie eine Kirche gestaltet waren. Alan ging mit ängstlichen und zögerlichen Schritten, während sie den langen Korridor durchquerten, dessen Boden mit Holzlatten bedeckt war. In der Mitte des Ganges fielen ihm die Figuren der Jungfrau Maria und Jesu an der Wand auf. Vor ihnen brannten kleine Kerzen, und an den Wänden des Korridors hingen Gemälde, die religiösen Ikonen ähnelten. Am Ende des breiten Korridors saß eine alte Frau, deren Silhouette von dem durch das Fenster einfallenden Licht beleuchtet wurde. Sie hockte auf einem Holzschemel, wie man ihn in alten Dorfhäusern sieht. Ihr Name war Frau Eleni.

In der Kultur, aus der Alan stammte, war es üblich, den Ältesten bei der Begrüßung die Hand zu küssen. Er wusste nicht, wie der Brauch hier war. Nach einem kurzen Zögern tat er, was von Herzen kam: Er näherte sich Frau Eleni und küsste ihre Hände. Sie lächelte. Die tiefen Falten, die sich in den traurigen Vertiefungen ihres Gesichts abzeichneten, verrieten, dass Frau Eleni schon ziemlich alt war. Sie war während des Bevölkerungsaustauschs zwischen der Türkei und Griechenland hierhergekommen.

»Oh mein Lieber, Gott bewahre, dass irgendjemand ohne ein Zuhause ist. Man wird zu einem gefesselten Gefangenen, der seine Freiheit verloren hat. In dieser Gefangenschaft ist die Tür des Geistes nie geschlossen. Sie öffnet sich immer für einen anderen Gedanken, anderen Schmerz, für Sehnsucht und Hoffnung. Du willst weitermachen, aber es gelingt dir nicht. Was du tust, ist nur ein Versuch zu überleben«, sagte Frau Eleni mit trauriger Stimme.

Jedes Wort von Frau Eleni berührte Alans Bewusstsein, seine Seele. In diesem Moment kam Jorgos mit einer Schüssel Suppe herein.

»Komm, iss mal diese Suppe«, sagte er, ließ die Suppe stehen und ging hinaus. Wenig später kam er mit einem Trainingsanzug in der Hand zurück.

»Hey, zieh dich erst um!«

Das war eine gute Idee, seine Kleidung war sowieso klitschnass. Er ging ins Nebenzimmer, zog sich um und kam zurück, setzte sich neben Frau Eleni und aß die Suppe.

Für ihn waren Jorgos und Eleni eine Chance. Und vielleicht würden sie ihm auch den richtigen Weg weisen. Es war das Beste, sich ihren gütigen Herzen anzuvertrauen.

»Ich habe vergessen zu fragen, bist du Kurde?«, sagte Frau Eleni.

Mit vollem Mund nickte Alan zustimmend mit dem Kopf.

»Was uns in der Vergangenheit widerfahren ist, widerfährt jetzt euch Kurden«.

Frau Eleni aus Pontos war ein Opfer und Zeugin des Pontos-Massakers*. Sie durchlebte diese Momente mit jedem Wort, das sie sprach.

»Ich war ein Kind, acht oder neun Jahre alt. Ich wurde Zeuge, wie Kleinkinder, Mütter und junge Frauen bei lebendigem Leib verbrannt wurden. Sie verschonten nicht einmal diejenigen, die in der Kirche Zuflucht suchten.

Die meisten, die in die Wildnis geflohen waren und versucht hatten, ihr Leben zu retten, starben im Schmutz und Dreck an verschiedenen Krankheiten. Der Priester Kirios erkrankte an Typhus und starb mit Schaum vor dem Mund im Kloster von Vasileos. Kirios war ein Mann, der Gott treu ergeben war. Er hätte nicht einmal einer Ameise etwas zuleide tun können. Wir alle suchten bei ihm Zuflucht vor den brutalen Dolchstößen. Vor uns hatten dort schon junge Mädchen Zuflucht gesucht. Todesschwadrone, die keinen Respekt vor heiligen Stätten hatten, hatten diesen Ort überfallen, vergewaltigten diese unschuldigen, jungen Mädchen und befriedigten ihre Wollust. Dann schnitten sie ihnen Brüste und Köpfe ab und warfen ihre Leichen einfach umher. Diejenigen von uns, die noch Kinder waren, versteckten sich zwischen den Leichen, um den Dolch- und Bajonettstößen zu entgehen.«

Jeder hat ein Zitat, ein Foto, eine Erinnerung, die er an die Wände seiner Lebensgeschichte hängt.

Von der aus Pontos stammende Eleni war es ein Bild von ihrem Großvater, Pater Kirios.

Der französische Schriftsteller Louis-Ferdinand Céline* sagte: »Es gibt nur eine Geschichte im Leben eines Menschen, die wertvoll ist, und das ist die, für die man bezahlt.« Ja, jeder hat in diesem Leben einen Preis zu zahlen, ob er sich dessen bewusst ist oder nicht. Wenn das Dasein und Wesen erhalten bleiben sollen, muss dieser Preis immer wieder gezahlt werden. Genau wie die Geschichte von Sisyphos und dem Felsen. Dieser sich ständig wiederholende Kampf ist die einzige Realität, die ungeachtet des Scheiterns und des erlebten Leides in einer Überlebensprüfung voller Niederlagen den Menschen zum Menschen macht.

Die Uhr zeigte drei Uhr nachmittags. Frau Eleni rief nach Jorgos, der in der Küche das Abendessen vorbereitete.

»Jorgos, ela moremo.« Jorgos, komm mein Lieber!

»Ena lepto.« Einen Moment, ich komme gleich.

Fünf oder zehn Minuten waren vergangen, als Jorgos hereinkam und seine nassen Hände mit einer Papierserviette abtrocknete. Eleni richtete den Blick auf ihren Gast und bat Alan darum, sich zu registrieren, bevor die Beamten auf der Polizeistation ihre Schicht beendeten.

»Das stimmt, meine Liebste«, sagte Jorgos und wandte sich an Alan;

»Hast du einen Personalausweis, einen Reisepass, ein Dokument, bei dir, das dir gehört?«, fragte er.

Alan nahm sofort seine Schuhe aus dem Schuhregal, die während der Reise klatschnass geworden waren. Er holte seinen Personalausweis heraus, den er unten im Filz versteckt hatte, und zeigte ihn Jorgos.

»Oh ja, das ist es!«, sagte er. Und er gab kurze Ratschläge, wie man sich auf der Polizeiwache verhalten sollte.

Alan krempelte die Hosenbeine der Jogginghose hoch, die Jorgos ihn hatte anziehen lassen. Er erhob sich von seinem Platz, küsste Frau Eleni die Hände und verabschiedete sich. Beim Verlassen des Hauses, noch vor der Tür, erreichte die Stimme von Frau Eleni Alans Ohren:

»Die Tür unseres Hauses steht euch immer offen«.

»Wenn doch nur die Behörden, die Politik und die Bürokratie ein Viertel so wie Frau Eleni sein könnten«, sagte Alan.

Sie waren auf der schmalen asphaltierten Straße unterwegs, die zur Polizeistation führte. Obwohl der Wind, der durch das halb geöffnete Fenster des Wagens wehte, Alan den Atem raubte, gab er ihm trotzdem eine tiefe Ruhe. Es war, als hätte der Pinsel des Meisters der Farben, van Gogh, diese Insel angemalt. Alles war so lebendig und farbenfroh, dass es aus der Ferne wie ein zartes Gemälde aussah.

»Hey Kurde, Menschsein ist weder eine Frage der Religion noch der Ideologie. Menschsein ist eine Frage des Gewissens. Wenn du Einfühlungsvermögen hast, bist du ein Mensch«, sagte Jorgos.

Alan, der in die Betrachtung der Schönheit der Insel vertieft war, dachte darüber nach, was Jorgos gesagt hatte. Zweifellos war es Frau Eleni und Jorgos möglich, Mensch zu bleiben, sich in den anderen einzufühlen, ohne nach all dem Schmerz, den sie durchgemacht hatten, in Hass, Groll und Feindschaft zu verfallen.

»Hey, bist du allein gekommen? Wo sind deine anderen Freunde?«, fragte Jorgos.

Alan wusste nicht so recht, was er auf die verspätete Frage von Jorgos antworten sollte. Denn seine Freunde, die sofort aus dem Boot gesprungen waren, waren nicht imstande gewesen, sich in seine Lage zu versetzen. Gerade als er sagen wollte, dass er nicht allein war, sah er seine Freunde im Hof der Polizeiwache. Ihre Hände waren mit schwarzen Plastikhandschellen gefesselt und sie kauerten am Boden mit dem Gesicht zur Wand. Er zeigte mit dem Finger auf sie:

»Das sind sie... Das sind diejenigen, die mit mir gekommen sind«, sagte er.

Er war kurz davor, vor Freude über das Wiedersehen mit seinen Freunden aus dem Autofenster zu springen. Aber sie hatten ihn einfach so zurückgelassen. Und obwohl sie ihn damit sehr verletzt hatten, war es für Alan gut zu wissen, dass er an diesem ihm unbekannten, fremden Ort nicht allein war.

Als das Fahrzeug in den Hof des Polizeireviers einfuhr, sahen seine Freunde, die sich zusammengekauert hatten, sie mit neugierigen Augen an. Als das Fahrzeug anhielt, kam ein Polizist mit Fuchsnase aus dem Inneren und begrüßte sie. Jorgos grüßte ihn höflich und respektvoll.

»Kalomesimeri, guten Tag!«, sagte er.

Nach einem kurzen Gespräch verabschiedeten sich der Polizist und Jorgos. Jorgos zeigte auf Alan und bat den Polizisten, ihm behilflich zu sein.

»Kurdischer Bruder! Ich werde jetzt gehen. Ich habe ihnen von deiner Situation erzählt. Sie werden deinen Flüchtlingsantrag entgegennehmen, die entsprechenden Aufenthaltsgenehmigungen ausstellen und dich freilassen«, erklärte er Alan.

Alan rang nach Worten, um seine Dankbarkeit für Jorgos' Gastfreundschaft auszudrücken. Er berührte Jorgos' Hände:

»Ihr seid sehr gute Menschen. Ich danke euch für alles. Bitte richten Sie Frau Eleni meinen Respekt und meine Liebe aus«, konnte er nur sagen.

Alan sah ihm nach und winkte, bis das Auto von Jorgos aus dem Sichtfeld verschwand. Der Polizist holte einen weißen Stuhl aus dem Haus. Er brachte Alan zu den anderen und ließ ihn dort Platz nehmen. Der Polizist sprach Englisch. Er klärte sie über ihre Rechte auf und erläuterte, warum sie warten mussten. Er teilte ihnen mit, dass man sich um sie kümmern werde, sobald der Dolmetscher eintreffe, der für sie übersetzen solle, und ging.

Weil seine Freunde ihn allein gelassen hatten, konnten sie Alan nicht ins Gesicht blicken. Mehmet, dem er am meisten vertraut hatte, schämte sich zutiefst vor ihm. Keiner gab einen Ton von sich. Die Totenstille, die über ihnen lag, wurde vom Übersetzer durchbrochen, der zu ihnen kam. Als ersten nahmen sie Alan mit. Sie betraten einen großen Raum links der Tür, die sich nach innen öffnete.

Zwei stämmige Männer in Anzügen, die wie Bodyguards aussahen, saßen an beiden Enden des Tisches. Sie stellten sich kurz vor. Der Übersetzer, der jedes gesprochene Wort übersetzte, erklärte, dass einer der Anzugträger von Interpol und der andere von der griechischen Polizei sei. Zwei Stunden lang, nur von einer Kaffee- und Zigarettenpause unterbrochen, wurde Alan über seine Kindheit und

Herkunft bis hin zu den Gründen für seinen Asylantrag in Griechenland verhört.

Alle Antragsteller wurden demselben Asylverfahren ausgesetzt, manche für kürzere Zeit, andere für längere Zeit. Alle waren gespannt darauf zu erfahren, welche Fragen gestellt und wie sie beantwortet wurden, und tauschten ihre Erfahrungen dazu aus. Bekir sagte:

»Ey, sie haben sogar nach meiner Religion gefragt! Ich bin Kommunist und Atheist, habe ich geantwortet.«

Daraufhin sagte Ferit:

»Auf dem Boot hast du alle Suren des Korans rezitiert. Du warst nicht gerade wie ein Atheist, mein Kollege.«

»Zu diesem Zeitpunkt ging es mir psychisch nicht gut. Und manche Dinge sind einfach nur Redewendungen«, sagte Bekir. Daraufhin erwiderte Ferit:

» Ich glaube nicht, dass es eine Redewendung war. Du hättest dir fast in die Hose geschissen. Du hattest Todesangst, mein Bruder.« Alle brachen in Gelächter aus.

Im Moment lief alles gut für sie. Das einzige Problem war die Ungewissheit darüber, wann sie freigelassen würden.

Seit Interpol, Vereinten Nationen, Flüchtlingslager und Abnahme der Fingerabdrücke waren zwölf Tage vergangen. Schließlich, am Morgen des 21. März, am Newroz-Tag*, beendeten sie den Prozess und ließen alle frei.

Die sozialen Medien der griechischen und türkischen Zeitungen schrieben folgendes über sie:

»Vier Bürger der Türkischen Republik, die mit einem Schlauchboot illegal von der Türkei nach Griechenland auf die Insel Chios gelangt sind, haben um Asyl gebeten.«

Ferit las die Nachricht mit Spannung;

»Ich bin dank euch berühmt geworden, politische Brüder«, sagte er.

Seine Freunde, die über jeden Witz von Ferit gelacht hatten, runzelten bei dieser Nachricht die Stirn. Falls die türkische Presse über ihre Flucht berichtete, würden sie innerhalb weniger Tage ausgeliefert werden. Sie mussten die Insel so schnell wie möglich verlassen und in Athen einen guten Anwalt finden, der sich mit Abschiebeverfahren auskannte. Noch am selben Tag buchten sie ihren Flug in die Hauptstadt Athen. Innerhalb von eineinhalb Stunden landeten sie in Athen.

Das Wetter hatte perfekte Newroz-Temperatur. Die antike Stätte Akropolis, das mythologische Bett von Hera und Zeus, blickte in ihrer ganzen Pracht auf sie herab. Die Menschen der Antike hatten den Steinen eine Seele und Leben gegeben. Die Menschen von heute hingegen wollten alles in Vergessenheit geraten lassen. Sie aber hatten keine Zeit, über diese Dinge nachzudenken. Schmerz und Exil machten ihren Horizont aus. Würde es am Ende ein bisschen Glück geben? Sie waren sich nicht sicher.

Sie gingen in Richtung Stadtzentrum. Auf dem Syntagma, dem größten Platz der Hauptstadt, sollten sie von irgendeinem Menschen empfangen werden. Der Platz befand sich direkt unterhalb des griechischen Parlaments. Hier kreuzten sich alle Straßen der Stadt. Die Menschen aus Amonia, Ekserkia, Peristeri und anderen Bezirken strömten ständig hierher. Formen, Schatten, Chaos und eilige Menschen bewegten sich wie eine Flut und stießen aneinander. Hier würden sie siebenundsiebzig Nationalitäten auffinden können. Touristen und Flüchtlinge trafen aufeinander. Die Dynamik der Stadt ließ einen erschauern.

Auch sie befanden sich nun wie in der Leere eines Schachtes, in dem sie wie ein Emigranten-Pendel gemeinsam hin und her schwangen. Eigentlich ist diese Gesellschaft, in der sie angekommen sind, mit Exil, Migration und dem Leben von Flüchtlingen vertraut. Alans greiser Vater war bis zu seinem letzten Atemzug ein Dengbêj gewesen, ein Sänger dieser Tragik. Sein Vater hätte seine Erzählung mit »Serxêt, binxêt*«, Über der Grenze, unter der Grenze, begonnen, würde über die gemeinsamen Erinnerungen und Erfahrungen seines Onkels Xişman sprechen und mit »Xirabesker*« fortfahren. Er würde die Traurigkeit, die er nach den Erzählungen von Osman Sebrî* und den Bedirxans* empfand, mit Tränen taufen. Alan hatte Migration und Exil schon früh in der Geographie des Herzens seines Vaters wahrgenommen. Jetzt war er Teil dieses historischen, tragischen Zyklus'. Deshalb sollte seine einzige Wahrheit darin bestehen, die Gründe für das Leiden aller wie seine eigenen anzunehmen.

Sie erreichten die Person, die auf dem Syntagma-Platz wartete, um sie in ihr Haus zu bringen. Sie nahmen ein Taxi und fuhren zu einem von anarchistischen Gruppen besetzten Haus. Sie waren sehr müde und erschöpft. Nach dem Abendessen, einer Dusche und Tee schliefen sie sofort ein.

Sie wachten am nächsten Morgen mit Mundgeruch auf. Hasan, der seit sieben Monaten in der Flüchtlingsunterkunft lebte, hatte den Namen seines Kindes, eine Mischung aus Roj, Rojhat, Rojyar, gerufen und krümmte sich vor lauter Schmerzen, die von seinem Magen bis in die Eingeweide zogen. Hasan schaffte es kaum, auf die Toilette zu gehen. Es war, als ob er unter einer schweren Depression litt.

Wie Hasan litten viele von denen, die in Flüchtlingslagern und besetzten Häusern untergebracht waren, unter diesen Symptomen. Starker Gewichtsverlust, immer wieder Durchfall und manchmal auch Verstopfung erschwerten ihr tägliches Leben.

Denen, die nach seinen Gesundheitsproblemen fragten, antwortete Hasan beschönigend:

»Das kommt von der Flüchtlingssituationen, ist ganz normal.«

Die Stadt, die seine Kindheit, seine Jugend, sein schneeweißes Haar geprägt hatte und seine Identität geworden war, diese Stadt war durch den Staat mit modernen Kampfgeräten dem Erdboden gleichgemacht worden. Niemand erhob die Stimme gegen diese Zerstörung, die sich vor den Augen der Welt abspielte, alle blieben stumm. Er selbst war nur knapp mit dem Leben davongekommen und war hierhergekommen. Diese Erlebnisse verursachten in seiner Seele tiefe Wunden, machten ihn ruhig und würdevoll. Nichts war daher für ihn unvorstellbar. Er sprach so klar und aus dem Leben, dass alle, die ihn kannten, ihn sehr wertschätzten. Er war der Weise in der Welt der Flüchtlinge. Als sie ihn fragten, wie er das geschafft habe, pflegte Hasan zu sagen:

»Wenn du es schaffst, Meister der kleinen Freuden zu sein, anstatt große Taten zu versuchen und Niederlagen zu erleiden, wirst du geschätzt und geliebt.«

Aus dem Nebenzimmer drangen Ciwan Hacos* kurdische Lieder, die göttlichen Sonaten glichen, schwangen sich über zerbrochene Fensterbänke, abblätternde Farbe und bröckelnden Putz, stießen gegen die Wände des besetzten Hauses und hallten in den Herzen nach.

»Welatê min, welatê min, hatina min ji hezkirina we bû!« Meine Heimat! Meine Heimat! Ich bin aus Liebe gekommen.

Wie zum Tode Verurteilte konzentrierten sich alle auf die Musik, keiner wagte zu atmen.

Hasan, in seiner üblichen Art: »He, Jungs! Wir und ihr sollten nicht die weiße Farbe sein, die in diesem Diaspora-Schacht abblättert. Diejenigen unter euch, die darüber gelesen haben, wissen vielleicht, dass die Juden bis zur Gründung Israels nur ein Wort hatten, das sie in einen Psalm verwandelten: ‚Jerusalem, oh Jerusalem! Wenn ich dich je vergesse, Jerusalem, dann soll mir die rechte Hand verdorren; die Zunge soll mir am Gaumen kleben…!' Wir müssen für unser freies Land und Volk ebenfalls dieses patriotische Bewusstsein zur Grundlage nehmen und wir dürfen unsere Werte nicht vergessen.«

»Komm, Alan, Heval, Kamerad, lass uns einen Rundgang durch Omonia machen, ich lade dich in Kadirs Café auf eine Tasse geschmuggelten Tee ein«, sagte er und ging mit Alan hinaus. Dieses Café befand sich an einem abgelegenen, schäbigen Ort. Es sah aus wie ein vernachlässigter, seelenloser alter Innenhof. Wegen des Geschreis der Leute, die Okey spielten, war es kaum noch möglich, die Stimme des Nebenmannes zu verstehen. Wie in alten Gangsterfilmen ging einer der düsteren Kerle weg und ein anderer kam herein. Dem Namen nach war es bloß ein Café. Hier gab es alle möglichen Arten von Geschäften, bei denen die Flüchtlinge wie in einem Schlachthof aufgeteilt wurden. So wie es früher in einem bestimmten Teil der Stadt Arbeitsmärkte gab, auf denen je nach Bedarf Arbeitskräfte vermittelt wurden, war dies eine Anlaufstelle für Flüchtlinge, die versuchten, in andere europäische Länder zu gelangen, und für Vermittler, die illegale Verbindungen für sie organisierten. Hier wurden konkrete Verhandlungen, Bürgschaften und der Austausch von Treuhandgeldern vorgenommen. Es war unmöglich, den Überblick über das tägliche Geld und die Schreie der Betrogenen zu behalten.

Der erhöht stehende LED-Fernseher zeigte die Mittagsnachrichten. Diejenigen, die sich für das Geschehen im Land interessierten, hörten aufmerksam zu. Die Moderatorin:

»Ein zweiundvierzigjähriger Bürger namens Adem, der seit langem arbeitslos war, zündete sich vor dem Verwaltungssitz von Hatay an und sagte: ,Meine Kinder haben Hunger, ich bin verzweifelt wegen der Arbeitslosigkeit'«, während im Hintergrund die Erklärung des Gouverneurs zum Thema abgespielt wurde. Nach Angaben des Gouverneurs hatte der Bürger psychische Probleme. So hatte die staatliche Verwaltung, die jeden Vorfall für ihre Politik instrumentalisierte, den Selbstmord dargestellt. Die Moderatorin fuhr fort: »Eine weitere schmerzliche Nachricht kam aus dem Evros-Fluss, liebe Zuschauerinnen und Zuschauer. Die Leiche von Mahir Mete Kul, einem Universitätsstudenten, der bei dem Versuch verschollen war, den Fluss Evros mit einem

Plastikboot zu überqueren, wurde zehn Tage später auf der griechischen Seite gefunden.«

Der Flügel einer weiteren hoffnungsvollen Schwalbe war gebrochen. Ein weiteres Flüchtlingsleben war in der Strömung des Wassers verloren gegangen. Das Drama von Ünzile, der Mutter des politischen Flüchtlings Mahir Mete, war herzzerreißend. Bevor er das Boot bestiegen hatte, waren Mahirs letzte Worte an seine Mutter: »Wasser ist sicherer als Land, Mama!« Doch weder Wasser noch Land schützten und beherbergten Mahir Mete. Genauso wenig wie viele andere Reisende der Hoffnung.

Jede unkontrollierte Emotion flattert heftig im Herzen des Menschen wie ein geköpfter Vogel. Der Gedanke an die Migration war für Alan und andere so ein unkontrolliertes Flattern, das sie schwach und machtlos machte.

Tage folgten auf Tage und die Ungewissheit, in der sich Alan befand, wurde immer größer. Der Herzschmerz, der ihn seit dem Verlassen seines Zuhauses verfolgte, drückte ihn in dieser Nacht erneut. Mit diesem Schmerz stürzte er hinaus, sonst wäre es ihm unmöglich gewesen, weiter zu atmen. Nachdem er eine Weile gelaufen war, setzte er sich in einen Park. Er saß wie verloren auf der Bank im schummrigen Licht, das den Park erhellte. Er war in den Schmerz vertieft, der sein Gesicht verzerrte. In diesem Moment wollte er sich in einem Weinfass betrinken und darin ertrinken. Er stand unter dem Druck eines großen Mühlsteins, der alle Identitäten und Werte umstieß und zermalmte. Der berüchtigte Schlachthof, Kadirs Kaffee, der Fluss Evros und die Ägäis verwirrten seine Gedanken. Kadirs Café, das

Schaufenster der Metzgerei und die Porträts von Flüchtlingen dort kamen ihm wieder in den Sinn. Jeder von ihnen hatte sich in einen Fleischklumpen an einem Haken verwandelt, wie ein gehäutetes Tier.

Diese Szene drang in Alans Herz, in seinen Kopf bis in die Kapillaren hinein. Er war angewidert von den betrügerischen Machenschaften der Schlepper. Was er erlebte hatte, war Wahnsinn. Der Tespih*, die Perlenkette, die er zwischen den Fingern schwenkte, zerfiel auf einmal und in seiner verschwitzen Hand blieb nur noch die Schnur, die Imame des Tespih zurück. Mit einem Mal riss er sich zusammen und sagte zu sich: Ich habe die Schnur, soll der Tespih doch auseinanderfallen.

Er wurde durch eine dunkle Gestalt aus der Ferne aus seinem Selbstgespräch gerissen. In dem fahlen gelben Licht stand ein Mann mittleren Alters mit wirrem Haar und Bart. Er sah sich um und betrachtete die Bank vor ihm. Dem Anschein nach hatte er sich noch nicht entschieden, was er tun wollte. Dann legte er sich plötzlich auf die Bank. Und kaum hat er das getan, begann er zu rufen: »Rahmatov, Rahmatov, Rahmatov!«

Dieser Mann muss eine Menge über den russischen Schriftsteller Tschernyschewski gelesen haben, dachte Alan. Tatsächlich war Rahmatov der Name der Hauptfigur in dem zweibändigen Roman »Was tun?« des russischen Schriftstellers Tschernyschewski, den er selbst mehrmals mit großem Vergnügen gelesen hatte. Die Romanfigur Rahmatov schlief immer auf einem Nagelbett, um es sich nicht bequem zu machen. Was könnte dieser Fleischhaufen von einem Mann mit Rahmatov zu tun haben? Außerdem war Rahmatov ein Revolutionär. Im Roman verkündete er das neue Leben, das Leben, das es eigentlich geben sollte. Wer weiß, vielleicht war dieser Mann obdachlos und Rahmatov war der Name eines Freundes. Hier war aber schon Gebiet der Anarchisten. Die Anarchisten waren nicht gerade Revolutionäre. Oh, lasst die Kropotkinisten* und Babeuvisten* nicht seine Gedanken hören; sie würden ihn niederstechen und er wäre einer Verschwörung der Gleichen* zum Opfer gefallen. Statos, Panathinaikos und Aleksanderas waren Orte, an denen sich viele Anarchisten tummelten. Zum Glück gab es Dimo, einen tollen Jungen, dessen Wort in dieser Gegend viel galt. Dimo war sehr angetan von den Kurden. Klara war auch nett; aber von Petros hörte man nichts; der machte keinen Finger krumm. Vor allem Dimitri war ein totaler Sozialfaschist.

»Ey, mein ungebildeter Bruder, musst du zu allem, was du siehst, eine politisch-literarische Sichtweise haben? Na los, geh wieder zurück zum indischen Fakir, dem besetzten Haus!«, sagte Alans innere Stimme.

Auf einmal sprang er von seinem Platz auf und verschwand im schummrigen Licht der Straße.

Und Rahmatov? Was wird mit Rahmatov? Aber Rahmatov hat schon immer existiert und wird immer existieren...

2. Rahmatov

Wir Menschen befinden uns in einem grundlegenden Widerspruch und in einer Tragödie, die darin besteht, dass wir zu Sklaven der Werte werden, die wir selbst geschaffen haben. Ob in polytheistischen oder in monotheistischen Religionen - immer hat die Menschheit heilige Symbole, bei denen sie Zuflucht gesucht und denen sie Gehorsam geschworen hat. Diese irrationale Beziehung, die der Mensch zu sich selbst, zu anderen Menschen und zur Natur hergestellt hat, lebt in verschiedenen Formen bis heute fort. Obwohl die Wahl, welcher ethnischen Gruppe, welchem Glauben oder welchem Geschlecht wir angehören, nicht in unseren Händen liegt, ringen wir mit großer Sturheit und Wut darum, die Andersartigkeit des Anderen zu verändern und ihn uns anzupassen. Wir versuchen, mit den selbst geschaffenen künstlichen Mythen, Helden, ethnischen und religiösen Überzeugungen, die wir in den Mittelpunkt unseres Lebens stellen, weiter zu kommen. Deshalb stürzen wir bei der geringsten Erschütterung unseres Glaubens zu Boden und geraten in tiefe Verzweiflung. Wenn die Götter unserer kleinen Welt sterben, vergessen wir, woher wir kommen und wohin wir reisen. Was wir in solchen Zeiten erleben, ist schlimmer als die Leere.

Einer von denen, deren Gott starb, war Kurban*. Er wurde von dem System, für das er keinen Stein auf dem anderen, keinen Kopf auf den Schultern ließ, dem er, um in den Worten des Dichters zu sprechen, wie ein stolzes Schaf dem Viehhändler zum Schlachthof hinterhereilte, zum Bylocker* erklärt. Der Staat, für dessen Fortbestand er jahrelang separatistische Terroristen gesucht und dabei jeden Berg durchkämmt und jeden Stein umgedreht hatte, - dieser Staat hatte ihn als Verräter abgestempelt. Mit letzter Kraft konnte er sich gerade noch in das Nachbarland absetzen. An ihm haftete das Blut und die Barbarei des Krieges. In der Nacht des 15. Juli* wurden sie zu Landesverrätern erklärt, er und Tausende von Zivilisten und Beamte, und zwar von seinen Freunden, mit denen er »Türke wie der Berg Gottes, Muslim wie der Berg Hira!«* skandiert hatte. Bei etwa achtunddreißigtausend Verdächtigen, die im Zusammenhang mit dem Putschversuch vom 15. Juli verhaftet wurden, hatte man festgestellt, dass die spezielle Bylock-Anwendung auf ihren Telefonen installiert war, mit der sie untereinander kommuniziert hatten. Gottlob hatte er mehr Glück als Tausende andere, zumindest gelang es ihm, sein Leben zu retten.

Nach der gefährlichen Reise hatte er monatelang mit fast keinem einzigen Menschen gesprochen. Er war älter geworden, jedenfalls fühlte er sich so. Kurban war in den Fünfzigern, was er vom Leben zu wissen glaubte, war erschüttert worden.

Eines Morgens wachte er auf, war seiner selbst überdrüssig und schaffte es nur noch mit Mühe, das Bett zu verlassen. Als er sich Gesicht und Hände wusch, fiel sein Blick auf sein Spiegelbild. Fast alle Haare waren ergraut und seine Falten hatten sich als Furchen tief in sein Gesicht eingegraben. Es schauderte ihn einen Moment lang, als er sich in diesem Zustand sah. Er stürzte sofort in den Korridor, dessen Türen sich zum Camp hin öffneten. Er drehte sich ein paar Mal um sich selbst und lief Gefahr, zu Boden zu fallen. Da packte ihn eine Hand und schob ihn gegen die Wand. Er sah kurz auf und musterte die Person, die das getan hatte.

Ein junger Mann, groß, braun gebrannt und seiner Körperhaltung nach 20, 21 Jahre alt, sah ihn lächelnd an. Das Lächeln dieses jungen Mannes tat ihm wohl.

»Wo ist Ihr Zimmer? Lassen Sie mich Ihnen helfen. Sie sehen nicht gut aus.«

Die Stimme des jungen Mannes war ebenso vertrauenswürdig wie sein Lächeln.

Ja, er war seit Monaten im Lager und hatte fast keinen Kontakt zu anderen Menschen. Auch diesen jungen Mann sah er zum ersten Mal. Eigentlich hatte Kurban sein Bett kaum verlassen, seit er hier angekommen war.

War er neu hier? Er hatte seit vielen Tagen kein Wort mehr gesprochen und mit dem Gestus eines Kindes, das sprechen lernt, wandte er sich an den jungen Mann:

»Wie heißt du?«, fragte er nur, ohne zu zeigen, wo sein Zimmer war.

»Ich habe meinen Namen ja fast selbst vergessen. Aber alle nennen mich Rahmatov. Sie können mich auch so anreden«, sagte der junge Mann lächelnd.

»Und Sie, wie ist Ihr Name?«

Kurban besaß nicht das gleiche innere Selbstvertrauen wie Rahmatov, um seinen Namen offen auszusprechen. Nach einer kurzen Überlegung und einem tiefen Seufzer sagte er mit kaum hörbarer Stimme:

»Mein Name ist Kurban ...«

Mit seiner Kleidung, seinen langen Haaren und dem Bart sah er aus wie ein Schaf, das zu Opferbank geführt wird. Er zog es vor, alleine, isoliert von allen zu leben. Das Flüchtlingslager, in dem sie untergebracht waren, wurde nachts dunkel und bedrückend. Kurz vor dem Einschlafen hörte Kurban seltsame, ungeheure Geräusche und sprang aus dem Bett. Niemand sonst hörte diese Geräusche und keiner wurde im Schlaf gestört, warum auch immer. Vor seinem geistigen Auge erschienen Silhouetten, die er nur schwer beschreiben konnte und die befremdliche Laute von sich gaben. Je stärker die Geräusche in der Dunkelheit der schwarzen Nacht wurden, desto weniger konnte er atmen. Genau in solchen Momenten sprang er aus seinem Bett und stürzte ins Freie hinaus. Es war, als wolle er einen Alb abschütteln, der mitten auf seiner Brust saß und ihm die Kehle zudrückte.

»Rahmatov!«, sagte er plötzlich zu sich selbst.

Warum beschäftigte Rahmatov seinen Geist so sehr? Er konnte diese Frage, die er sich stellte, nicht beantworten. War es eine augenblickliche Verwirrung? Oder war es der Wunsch, die Vergangenheit hinter sich zu lassen? Wie sehr wünschte er sich zu vergessen, was er wusste, und neu zu lernen, was er vergessen hatte. Er war verwundet, konnte nicht mehr als der Mensch, der er zuvor war, auf den Weg zurückkehren, den er hinter sich gelassen hatte. Deshalb ekelte er sich vor sich selbst, ja er hasste sich. Das, was er gerade selbst durchgemacht hatte, war an die Stelle seiner bisherigen Erfahrungen getreten. Das Tabu, das für ihn unantastbar gewesen war, an das er geglaubt und dem er vertraut hatte, war gebrochen; er war in den Tiefen seiner seelischen Wunden gefangen. Er kannte seine Wunde und, wenn er den Kampfwillen in sich heraufbeschwören könnte, würde er einen unerbittlichen Kampf führen. Seine Seele hatte eine tiefe Niederlage erlitten.

Es gibt nur einen Hafen, in dem der Mensch in solchen Situationen der Niederlagen Zuflucht findet, und das ist die Kindheit, die der reinste und unschuldigste Zustand des Menschen ist. Aber Kurban hatte nie eine glückliche Kindheit und die Liebe der Eltern gehabt. Er wuchs in den vom Staat eingerichteten Kinderheimen und Waisenhäusern auf. Und den Namen Kurban hatte ihm eine Oberschwester namens Dudu gegeben, die ihn am Vorabend des Zuckerfestes in Windeln vor der Tür des Krankenhauses gefunden hatte. Fast bis zu seiner Jugendzeit hielt er den Kontakt zu Frau Dudu aufrecht, allerdings sahen sie sich danach nie wieder. Vielleicht war dieses Waisenhaus die dunkle Grube seiner Vergangenheit. Deshalb musste er unbedingt dieses dunkle Haus seiner Vergangenheit in Brand setzen. Andernfalls würde er weder mit sich selbst, noch mit der Natur, noch mit den Menschen ins Reine kommen.

Er konnte mit Mühe und Not vom zweiten Stock der Lagerbaracke, in dem sich sein Zimmer befand, hinuntergehen. Die letzte Stufe der Treppe führte ihn direkt in den Hof, wo die Kinder Ball spielten und herumrannten. Ihre Stimmen erinnerten an das Gezwitscher von Spatzen auf einem Ast. Dieses Kinderfest erwärmte Kurbans Herz wie die Morgensonne. Während die Kinder mit ihren Spielen die Freuden des Frühlings erlebten, durchlebten ihre Eltern, die in den hintersten Ecken des Lagers hockten und ihre Hände vors Gesicht geschlagen hatten, eine Zeit des Herbstes und der Traurigkeit. In der rechten, entlegenen Ecke der Westseite des Camps erkannte Kurban Rahmatov. Der brachte den Kindern auf Staffeleien, die er selber zusammengeschustert hatte, das Malen mit Ölfarbe auf Leinwand bei.

Dieser junge Mann war pure, beflügelnde Leidenschaft, eine Freude, eine Hoffnung für das Leben aller hier. Er kannte keine stille Minute. Er stand in den frühesten Morgenstunden auf, machte zuerst seinen Sport und fegte zum Schluss den riesigen Innenhof des großen Lagers.

Wer immer ins Lager kam und herumging, schaute zuerst bei Rahmatov vorbei und begann seine Arbeit nicht, ohne ihn zu begrüßen. Vor allem die Vertreter des Roten Kreuzes, die sich um die Probleme der Flüchtlinge kümmerten, betrachteten Rahmatov fast wie ein Mitglied der Armee von Freiwilligen, die mit ihnen zusammenarbeiteten. Sie wollten ihm eines der Containerbüros zur Verfügung stellen, die sie im Lager eingerichtet hatten, aber Rahmatov lehnte dieses Privileg ab. Im Volksmund heißt es: »Die Arbeit ist der Spiegel des Menschen, nicht seine Worte«, und genau das traf auf Rahmatov zu. Sein Spiegel waren seine Werke. Mit dem Malworkshop, den Sprachkursen, der Musik und ähnlichen kulturellen Aktivitäten veränderte er das Klima in diesem Lager. Er liebte dieses Lager, das alle nur als vorläufige Unterkunft betrachteten, und nahm es so wahr, als ob er hier geboren und aufgewachsen wäre.

Als er Rahmatovs Bemühungen und Treiben aus der Ferne beobachtete, wurde es Kurban warm ums Herz, als würde er von Begeisterung erfasst, und ein leichtes Lächeln flog ihn an und legte sich auf sein Gesicht. Kurban war nicht der Einzige, dessen alltägliche, quälende Schmerzen vom Anblick dieses jungen Mannes gelindert wurden. Alle Lagerbewohner liebten Rahmatov, der diesem trostlosen, heruntergekommenen Ort Leben einhauchte und wie eine Sonne erwärmte. Besonders die alten Mütter betrachteten ihn als ihr eigenes Kind und vertrauten ihm. Es wurde erzählt, dass in den vergangenen Monaten eine junge Mutter während der Geburt in Lebensgefahr geriet; Rahmatov, der davon erfuhr, konsultierte sofort einen Geburtshelfer von außerhalb und eilte der jungen Mutter zu Hilfe. Um ihre Dankbarkeit gegenüber Rahmatov auszudrücken, gaben die junge Frau und ihre Schwiegermutter dem neugeborenen kleinen Jungen den Namen Rahmatov.

Kurban schaute einmal auf seine eigene innere Welt und dann auf diesen jungen Mann, der alle faszinierte, erleuchtete und erwärmte wie die Sonne. Rahmatov hielt das Vertrauen auf die Hoffnung, das Leben, die Arbeit und den Kampf aufrecht, während er selbst gegen den Schmerz und das Gefühl der Wertlosigkeit ankämpfte. Was für eine große Freude wäre es für ihn, Kurban, neue Horizonte zu erkunden und zu reisen wie dieser junge Mann. War es zu spät für ihn, ein neues Leben zu beginnen? Und was war mit den Fesseln an seinen Füßen, die ihn daran hinderten, zu diesen Horizonten aufzubrechen; konnte er sie sprengen?

Ach, wenn doch nur ..., sagte er sich, wenn es doch nur einen Weg und eine Methode dafür gäbe! Er war bereit, alles dafür zu geben. Sollte er Rahmatov von seinen Erlebnissen erzählen? Konnte er diesem jungen Mann wirklich vertrauen? Er wusste es nicht. Und außerdem: War es Zufall oder nicht, dass sich sein Weg und der Rahmatovs kreuzten? Seiner Meinung nach war das ganze Leben nur eine Kette von Zufällen und Zufälligkeiten. Doch war es wirklich so? Das Leben, das er gelebt hatte, das, was er anderen Menschen angetan hatte, die Gründe für die Schmerzen, unter denen er jetzt litt, waren das alles nur Zufälle und Zufälligkeiten? Oder waren es konstruierte Rechtfertigungen, die er erfand, um sein eigenes Gewissen zu beruhigen?

Nach Ansicht von Kurban geschah alles, was geschah, weil es geschehen musste. Ob Zufall oder nicht, es musste eine Erklärung für alles geben. Er hatte begonnen, mit sich selbst zu sprechen. Ja, in dem, was ich denke, kann ich mich kein bisschen irren, sagte er sich. Seiner Meinung nach konnte niemand weder den Moment bestimmen, noch verhindern, dass ein Blumentopf plötzlich vom Balkon fiel und den Tod eines Menschen verursachte, der gerade auf der Straße vorbeiging. Unsere Sinne und Wahrnehmungen hätten keine Chance, solche Ereignisse zu verhindern, also wäre es töricht, nach einer natürlichen Ursache zu suchen. Ob richtig oder falsch, diese Methode war für ihn wie eine Therapie und tat ihm gut. Trotz aller Negativität wollte er die Kraft behalten, seine Erfahrungen und sich selbst zu bestätigen. Sein Leben, seine Kindheit war immer voller Schwierigkeiten gewesen, aber nie waren die Zeiten so hart, dass seine Seele derart verletzt wurde, dass er die Freude am Leben verlor.

Die Gesichter der Menschen, deren Leben er ausgelöscht, deren Häuser er in Brand gesteckt, die er auf sadistische Weise aus dem Hubschrauber gestoßen und beobachtet hatte, wie ihre Körper explodierten, tauchten vor seinen Augen wieder auf. Sie waren es, die gestorben waren, aber er war es, der nun die Katastrophe erlebte. Er war plötzlich erschrocken, als ob er ein Geheimnis bewahren müsste. Er schaute nach rechts und dann nach links, als hätte jemand seine Gedanken gehört und gesehen, und wechselte schnell seinen Standort.

Mittag war schon vorbei; die Luft war schwer und bleiern. Er kehrte zu dem Lager zurück, das er verlassen hatte, um frische Luft zu schnappen. Er wusste nicht ein noch aus mit seiner Wunde, die ihn peinigte, die sein Gehirn, ja ihn ganz und gar besetzt hielt. Wie eine Schildkröte zog er Hals und Kopf in seinen Mantel hinein, steckte die Hände in die Taschen und ging mit eiligen Schritten auf das Lager zu.

Rahmatov befand sich immer noch an derselben Stelle und balgte sich mit den Kindern, die sich um ihn drängten. Die Kinder waren für die Fortsetzung der Malarbeiten, aber ihr Lehrer Rahmatov hatte ein anderes Programm. So blieb ihnen nichts anderes übrig, als ihr Malmaterial einzusammeln. Nachdem Rahmatov die bunten Farbtuben, Paletten und Pinsel mit Gaze gereinigt hatte, legte er sie Stück für Stück in den Materialbeutel. Er hängte die skizzierten und die fertigen farbigen Leinwände in den langen Korridor der Baracke; der schmale Gang glich einer Kunstgalerie.

Kurbans und Rahmatovs Blicke trafen sich, als er die Bilder im Flur aufhängte. In den Augen des jungen Mannes lag ein einzigartiger Frieden, ein Frieden, der ihn in die wahre, sinnliche Welt des Lebens einlud.

Mit derselben Herzlichkeit wie am ersten Tag ihrer Bekanntschaft und mit warmer Hilfsbereitschaft berührte Rahmatov die herabgesunkenen Schultern Kurbans.

»Heute sehen Sie besser aus.«

Kurban schwieg eine Weile.

»Eigentlich geht es mir nicht besser.«

Nachdem er das gesagt hatte, wurde Kurban ganz still. Sein Mund wurde trocken und sein Atem immer schwerer. Ein Schauer durchlief seinen Körper und gleich darauf folgte eine Welle von kaltem Schweiß. Immer häufiger hatte er in letzter Zeit derartige Beschwerden erlebt. Oben auf der Treppe wäre er fast zusammengebrochen, aber Rahmatov, der den Schweißfilm auf Kurbans Stirn bemerkte, kam ihm sofort zu Hilfe. Er setzte ihn sanft auf die Stufen der Treppe, zog ihm den Mantel aus und wischte ihm mit einer Papierserviette den Schweiß von der Stirn. Alle kamen zu ihnen gelaufen. Kurban schien eine Panikattacke zu haben. In seinem linken Arm begann ein leichtes Kribbeln und ein Taubheitsgefühl zu entstehen und sein Gehirn war nicht mehr in der Lage, sein Verhalten zu kontrollieren. Alle waren besorgt, vor allem Rahmatov. So sehr sie sich auch um Kurban bemühten, sie mussten ihn unbedingt zu einem Arzt bringen.

Kurbans Einwände ignorierend packte Rahmatov ihn am Arm und führte ihn zur Rot-Kreuz-Ärztin Elia. Die erfahrene Ärztin, die auf Traumata und Psychopathologie von Migranten spezialisiert war, diagnostizierte bei Kurban mit Hilfe der Übersetzung von Rahmatov Angstzustände. Neben der Verschreibung von Antidepressiva und anderen Medikamenten empfahl sie Kurban eine Reihe von Veränderungen in seinem täglichen Leben. Sie verlangte insbesondere, dass er täglich Sport treiben und laufen solle – und dass er das niemals schleifen lassen dürfe.

Es vergingen Tage, Wochen, sogar Monate, aber die Medikamente, die er einnahm, führten dazu, dass er immer unbeweglicher wurde, und, weil er den von der Ärztin empfohlenen Spaziergängen und sportlichen Aktivitäten nicht nachkam, hatte er stark zugenommen. Sein Gesundheitszustand hatte sich eher verschlechtert als verbessert. Außerdem legte er seit kurzem ungewöhnliche Verhaltensweisen an den Tag. Er führte aus heiterem Himmel Selbstgespräche, die oft in Selbstvorwürfe und anschließende Ohrfeigen ausarteten. In einer derartigen Krisensituation rief er, als stünde er tatsächlich vor einer Menschenmenge: »Wir sind alle Mörder, wir sind alle... Ich bin ein Kriegsverbrecher!«

Es war, als ob man den Film über den Vietnamkrieg unter der Regie von Oliver Stone wieder sehen würde. Kurbans Rede auf dem Balkon erinnerte an den amerikanischen Teenager, den Protagonisten des Films »Geboren am vierten Juli«, der auf dem harten Boden der Realität aufschlug, als er sich am Krieg beteiligte.

Diejenigen, die Filme und Dokumentationen über den Vietnamkrieg gesehen haben, werden wissen, dass die USA den Krieg verloren haben, obwohl sie viele Schlachten gewonnen hatten. Obwohl die weltweite Kampagne gegen den US-Krieg ihren Anteil am Rückzug der USA hatte, spielten die antimilitaristische Haltung der amerikanischen Bevölkerung und der Zerfall der seelischen Integrität der in der US-Armee kämpfenden Soldaten eine größere Rolle.

Als sich Kurban nach dem Ende der Rede gerade vom Balkon stürzen wollte, packten Rahmatov und andere dessen stämmigen Körper von hinten.

Er, der kräftiger und größer als Rahmatov war, hätte ihn mit sich vom Balkon herabreißen können. Ohne über diese Gefahr auch nur nachzudenken, war Rahmatov nach vorne gesprungen und hatte ihn umarmt. Wie konnte dieser junge Mann es wagen?, fragten die Leute einander. Sie nannten ihn einen Revolutionär, doch war nicht schon das ein Wagnis, ein Revolutionär zu sein? Rahmatov war wie eine rote Fahne, die auf den Türmen des Mutes wehte.

Zuerst beruhigte er Kurban, dann brachte er ihn in den Raum, in dem seine eigene Schlafstelle war. Kurban redete wie die berstenden Wellen einer tobenden See. Während er sprach, liefen ihm ohne Unterlass die Tränen aus den Augen, als ob die Worte, die über seine Lippen stürzten, und die Tränen auf seinen Wangen miteinander um die Wette liefen. Rahmatov nutzte diesen Augenblick starker Gemütsbewegung und versuchte, mit Fragen und im Gespräch in Kurbans Vorstellungswelt und inneres Erleben vorzudringen.

Endlich versiegten die Tränen und Kurban kam ein wenig zur Ruhe. Eine Zeit lang gaben weder Rahmatov noch er einen Laut von sich. Kurban war der erste, der das Schweigen brach.

»Mir ist sehr übel, meine Nackenmuskeln sind verkrampft.«

»Es sind deine Gedanken, die deinen Magen verstimmen. Die Übelkeit in deinem Kopf schlägt dir auf den Magen.«

Es war, als hätte Rahmatov mit diesen Worten eine eisig-starre Wand einen Spalt weit geöffnet!

»Du wolltest aus deinem eigenen Leben verschwinden. Warum?«

Rahmatovs Frage erwiderte er mit einer Gegenfrage: »Was denkst du, warum ein Mensch vor seinem eigenen Leben davonlaufen will?«

»Ich denke, weil er schutzlos gegenüber Schmerzen ist.«

Es war, als versuchte Rahmatov, das alte Haus in Kurbans Kindheit niederzubrennen, was Kurban selbst schon lange hatte tun wollen und was ihm aber nicht gelungen war. Das erschreckte Kurban ebenso sehr, wie es ihn erfreute.

»Sie müssen Dschingis Aitmatow* gelesen haben. Der Magen ist schlauer als das Gehirn, sagt Aitmatow. Denn der Magen kennt das Erbrechen, aber das Gehirn schluckt jeglichen Dreck. Unser Gehirn hat nur ein Ausscheidungssystem, und das ist das Sprechen. Über Dinge zu sprechen, die unsere Gedankenwelt belasten, ist eine Art Erbrechen des Gehirns. Gelingt es nicht, den Dreck auszuscheiden, wird der Mensch vergiftet. Er verliert seine psychische Integrität und begeht schließlich entweder Selbstmord oder wandert in ein Irrenhaus.«

Genau wie ein erfahrener Psychologe führte Rahmatov das Gespräch, ohne den Dialog zu politisieren und ohne Kurban in die Enge zu treiben.

Dieses Feingefühl des jungen Mannes im Gespräch ähnelte der Beziehung zwischen Arzt und Patient - so sehr, dass Kurban in keiner Phase dieses Dialogs das Bedürfnis verspürte, sich in sein eigenes Ich einzumauern. Dieser junge Mann hoffte darauf, dass das, was sie gerade erlebt hatten, dazu dienen würde, dass Kurban das Gespräch nicht ablehnen würde, sondern – nach Möglichkeit – seinen Kopf und sein Herz in Rahmatovs Hände legen würde.

»Was haben Sie bis heute am meisten gehasst?«, fragte Rahmatov.

»Ohnmacht«, sagte Kurban und fuhr fort: »Denn ich habe schon oft erlebt, was Hilflosigkeit bedeutet. Genau wie jetzt...«

Er seufzte, wischte sich die Nase und begann, von seinem Leben zu erzählen.

»Noch nie hat die Sonne auf mein Leben geschienen. Meine Kindheit und Jugend verbrachte ich in Kinderheimen und Waisenhäusern. Ich bin fünfzig Jahre alt, ich war noch nie verliebt, keine Frau hat mich je geliebt. Es gab viele Frauen in meinem Leben, ich habe in jeder von ihnen meine Mutter gesucht, aber keine von ihnen hat je mein verwaistes Herz gesehen, nie meinen Kopf mit Zärtlichkeit gestreichelt. Wenn ich meine Mutter oder eine Frau getroffen hätte, die sowohl meine Mutter als auch meine Geliebte hätte sein können, wäre ich vielleicht nicht Teil dieses blutigen Dramas geworden!« Er fühlte sich wie ein verratenes Kind. Das blutige Spiel, das er gespielt hatte und an dem er beteiligt war, hatte ihn seines ganzen Lebens beraubt. Er hat nichts außer dieser Wunde, aus der das Blut herausströmte.

Wer sollte für all die vielen Menschen, die gestorben waren, Rechenschaft ablegen - und wie? Die einzig zuständige Instanz für diese Fragen, die er sich stellte, war sein Gewissen: Entweder er kämpfte mit dieser Realität seines Lebens, die sich in eine Kriegsmaschine verwandelt hatte, oder diese Realität vergiftete ihn jeden Tag mehr und mehr, so wie Rahmatov gesagt hatte. Er konnte es schaffen, er musste seine Seele dazu bringen, alles zu erbrechen. Und gerade als er sein eigenes Leben hinter sich lassen wollte, hielt ihn eine starke Hand, Rahmatov, fest.

Die Hand dieses jungen Revolutionärs, die ihn an das Leben fesselte, berührte seine Schulter, und seine Worte berührten sein Gewissen.

Bisher hatte er nur existiert, aber seit er Rahmatov begegnet war, begann er, den schmalen Grat zwischen Existenz und Leben zu verstehen. Auch wenn er sich dessen nicht bewusst war, vollzog sich nun eine erschütternde Wende in seinem Leben. Das Leben hatte ihn an einen Ort verschleppt, an dem er mit denen zusammentraf, die er in der Vergangenheit gehasst hatte, und an dem er nun gegen jene kämpfte, denen er - getäuscht durch mancherlei Predigten und Indoktrinationen - zugetan gewesen war und die er geliebt hatte. Bis heute hatte er keine Reise in sein Inneres gemacht, da die äußeren Stimmen seine innere Stimme stets übertönten. Dank Rahmatov machte er einen Schritt in ein neues Leben, in dem er den Schmerz jener in den Mittelpunkt stellte, die er in die Isolation gedrängt hatte. In jedem Wort, das er sprach, spürte er Verantwortung für die Wahrheit, in die er gerade eingetreten war.

Seine Gespräche und Rückblicke in die Vergangenheit heilten seine Seele. Er weinte nicht mehr so viel wie früher. Im Gegenteil, wenn er von seiner Kommandozeit erzählte, als sie mit Hubschraubern auf Menschenjagd gegangen waren, fühlte er sich wie von einer großen Last befreit. Wer ihm zuhörte, wie er beschrieb, wie sie die Dorfbewohner, die sie zu bloßen Objekten gemacht hatten, zur Strecke brachten, fühlte sich wie in einem Horrorfilm. Dieser Mann, dessen Regeln von Rahmatov zerbrochen wurden, stand auf und begann zu gehen, trotz der Härte des Lebens und seiner brutalen Erinnerungen an die Vergangenheit. Weder Frauen, noch Trinkgelage, noch das Versprechen des Paradieses als Lohn für den Märtyrertod, noch Allah-u-Akbar-Rufe... An all das wollte er sich nicht mehr erinnern. Er war nun in der Lage, seine Probleme in schlichten Worten auszudrücken, ohne zu weinen oder zu schreien. Er war nicht mehr die alte Person, die auf der Suche nach sich selbst war und gleichzeitig vor sich selbst davonlief.

Vom Fenster des Lagers aus tauchte sein Blick gerade in die fernen Lichter der Stadt ein, als Rahmatov zu ihm kam.

»Hast du eine Zigarette?«

»Sofort«, sagte Rahmatov.

Als Rahmatov ihm eine Zigarette reichte, fragte er:

»Kennst du eine psychiatrische Klinik?«

Rahmatov starrte ihn an, ohne auch nur einen Moment zu blinzeln.

»Schau nicht so. Der Geruch von so viel Blut und Lüge haftet an mir, ich habe Angst, mich selbst zu verletzen. Du musst wissen: Weder das Leben noch der Tod machen mir noch Angst, nur der Gedanke zu sterben, ohne jemanden geliebt zu haben, schreckt mich. Stell dir vor, wie schmerzhaft es ist, keinen Menschen zu haben, der dich morgens aus dem Tiefschlaf weckt! Vor allem zu wissen, dass niemals Kinder in einem Haus für dich zwitschern werden! Ich würde dieses Leben nicht verlassen wollen, ohne Vater geworden zu sein! Ich weiß nicht, warum, aber ich habe mich heute bei diesen Gedanken wiedergefunden. An diese Dinge zu denken, nimmt mir - wie ein schwarzes Tuch - die Luft zum Atmen.

Ich habe eine Bitte an dich: Ich möchte nicht, dass das, was ich dir erzähle, ein Geheimnis bleibt. Über diesen schmutzigen Krieg in der jüngsten Geschichte möchte ich für die Archive eine Notiz hinterlassen. Als Mensch, der alle Grausamkeiten mit seinem eigenen Körper mitbegangen hat, möchte ich alles aufdecken, was im Kontext mit den ungelösten, erdrückenden Problemen auf der Tagesordnung unseres Landes steht.«

Rahmatov hörte in Kurbans Worten die Schritte seines Mutes - und nun war es an der Zeit, diesen Mut zu stärken. Kurban hatte beschlossen, seine eigenen Grenzen zu überschreiten. Alles war an einem Wendepunkt angelangt.

Kurz darauf veröffentlichten lokale und viele große internationale Medien das Interview mit Kurban auf der Titelseite unter der Schlagzeile »Schockdoktrin«. Das Interview war wie ein Filmtrailer aufgemacht. Die markantesten Worte wurden in großen Buchstaben hervorgehoben. In den Zeitungen wurden die Todeslisten der Reihe nach abgedruckt.

»Vor allem an nationalistische, religiös erzogene junge Menschen, die vom Staat in Waisenhäusern aufgezogen worden waren, ergingen diese Hinrichtungsbefehle«, so Kurban. »Ich bin ein Komplize bei allen Verbrechen gewesen, die vom Staat begangen wurden... Ich bin ein Kriegsverbrecher, niemand sollte der Armee beitreten und ein Teil dieses blutigen Spiels werden wie ich!«, fuhr er fort. »Was ich erzählt habe, ist keine Erfindung, keine Fiktion, sondern ein offenes Geständnis aus tiefer Reue. Ich möchte im Namen meines Landes vor dem Haager Gerichtshof angeklagt werden«, schloss Kurban.

Einige Tage nach dem Interview brach er zusammen und wurde in eine psychiatrische Klinik eingewiesen. Rahmatov besuchte ihn in jeder Woche zweimal, und jedes Mal merkte er, dass es Kurban schlechter ging.

Am Morgen nach einer schlaflosen Nacht läutete Rahmatovs Telefon hartnäckig, immer und immer wieder, bis er endlich das Gespräch annahm. Der Anrufer sagte, Kurban sei aus dem Krankenhaus, in dem er sich befunden hatte, geflohen und man könne ihn nicht finden. Rahmatov zog sich schnell an und rannte aus dem Lager. Er suchte an allen Orten, zu denen Kurban möglicherweise gegangen sein konnte, fand aber keine Spur von ihm. Diese Suche dauerte Wochen und sogar Monate, aber Kurban war schon in der Zeit und im Dunkel verschwunden.

3. Şamkat

Nahezu alle Portraits der Menschen, denen ich in meinem Flüchtlingsleben begegnet bin, ähnelten sich. Alle Geflüchteten, die ich kennen gelernt habe, waren Traumreisende. Die Geschichte eines jeden war wie die Geschichte von Josef, der in einem versiegten Brunnen Hoffnung sammelte, - nur dass sie keinen bunten Rock wie er trugen. Josefs Entwicklungsgeschichte, die in dem versiegten Brunnen einen Sinn gefunden hatte, hieß »Kader«– Schicksal. Nach dieser heiligen Legende kann nichts entstehen und sich entwickeln, was nicht dem Menschen vom Schicksal vorbestimmt ist. Der Mensch wird nur erleben und sehen, was auf seine Stirn geschrieben wurde. Wohingegen die Menschen, deren Beobachter ich hier geworden bin, ihr eigenes Schicksal zu bestimmen versuchten. Es gab diese unverwechselbare Ähnlichkeit: Wie die einstigen ägyptischen Händler, die mit dem Geld in ihren Taschen andere Menschen zu ihren Sklaven machten, waren sie Hoffnungshändler. Sie waren die letzte Station für Menschen, die sich mit der Hoffnung auf ein besseres Leben auf den Weg gemacht hatten, deren Träume aber vom Stacheldraht entlang der Grenzen zerrissen wurden.

Hier war eine riesige Theaterbühne, auf der die Geschichten derer inszeniert wurden, die ihre Heimat, ihr Zuhause verlassen hatten, wochen-, ja monatelang hungrig und durstig unterwegs waren und mehrmals dem Tod begegneten. Einer der Komparsen in dieser Inszenierung, die einem Drama glich, war Ali. Er war mager und seine Körpergröße erreichte fast zwei Meter. Der Sonnenbrand auf seiner dunklen Haut bildete Flecken auf seinem Gesicht. Er war noch jung, aber von der Last, die das Leben ihm aufbürdete, waren seine Schultern herabgesunken, sein Rücken krümmte sich zu einem leichten Buckel. Alle nannten ihn »Torbaci Ali«, Ali, der Drogendealer. Die kleinen Tränensäcke unter seinen Augen waren vom »Gras«, das er rauchte, pechschwarz. Wer den Grund nicht kannte, konnte denken, er leide an einer Nierenerkrankung. Kaum eine Woche nach seiner Verlegung aus einem halboffenen Gefängnis war er geflohen und hatte sich in dieses Land begeben, dessen Sprache, Kultur und Straßen er nicht kannte.

Während er auf den Straßen des Landes, in dem er ein Fremder war, herumstreifte, zitterten seine Hände. Er flatterte herum wie ein Ding, das vom Wind hin und her getrieben wird. Seine Blicke trafen auf die vom Neonlicht erhellten Schaufenster und verloren sich in der Nacht. Sowohl Ali als auch seine Träume verschwanden in der nächtlichen Dunkelheit. Die Vergangenheit hatte tiefe Schmerzen hinterlassen; und an welche er auch immer rührte - sie bluteten und weinten. Der bitterste von allen Schmerzen war die Verzweiflung, in der er sich jetzt befand. Wenn Ali eine Parallele zwischen dem Heute und der Vergangenheit ziehen könnte, würde sein Herz nicht so grausam wehtun. Hier fühlte er sich, als ob er betäubt wäre und das Bewusstsein verloren hätte. Die ihn würgende, betäubende Ursache war die Heimatlosigkeit, die ihn zu einem Bettler in der Fremde gemacht hatte. Aber das erkannte er nicht.

So schnell wie möglich wollte er mit jenem Leben beginnen, von dem er geträumt hatte. Deshalb hatte er Kontakte zu ein paar Menschen aufgenommen. Er suchte einen Ausweg, um von hier wegzukommen.

Eigentlich gab es einen stabilen, sicheren Weg, den man zu Fuß gehen konnte, aber der war zu teuer. Aber seit seiner Ankunft hier hatte er alles verbraucht, worüber er verfügt hatte, und sein mitgeführtes Geld war ihm zwischen den Fingern zerronnen. An seine Familie konnte er sich nicht wenden, weil er all das Geld, das seine Familie von Verwandten und Bekannten gesammelt und ihm geschickt hatte, in »Gras« investiert hatte - in der Hoffnung, sein Geld auf das Zehnfache zu vergrößern. Nach Aussage des Kuriers wurde aber der gesamte Vorrat bei einer Polizeirazzia beschlagnahmt. Den konnte er nicht zurückfordern. Was konnte er schon bei wem einklagen? Zum Glück hatte der Kurier bei der Polizei nicht gesungen. Was wäre, wenn er alles ausgesagt hätte? Mindestens 20-30 Jahre Gefängnis hätte es für diesen Ärger gegeben - und seiner Familie konnte er nicht erklären, was er mit dem Geld gemacht hatte.

Da er mittellos dastand, schlief er auf der Straße und konnte nur einmal am Tag etwas essen. Das war die von der Caritas einmal täglich den Flüchtlingen ausgeteilte Mahlzeit. Manchmal war das Essen schon ausgegangen, bevor er in der Warteschlange an der Reihe war. Und so gab es Tage, an denen er hungrig blieb.

Schon wieder hatte er großen Hunger und vom Durst war seine Mundhöhle verklebt. Tatsächlich hatte er Lust, etwas Berauschendes, Beruhigendes zu trinken. Er tastete in seinen Taschen nach dem Geldbeutel. Er hatte ein wenig Geld, um etwas zum Trinken zu besorgen. Am nächsten Kiosk kaufte er fünf Flaschen Bier. Das erste eiskalte Bier trank er genüsslich aus. Nach dem zweiten, dritten und vierten Bier ließ er sich ein wenig Zeit. Er hatte sich zum Biertrinken auf den Gehweg gesetzt und versuchte nun, sich aufzurappeln. Gerade als er im Begriff war aufzustehen, bemerkte er auf dem Gehweg der anderen Straßenseite eine etwas mollige blonde Frau mit einer weißen Bluse, tiefem Dekolletee und kurzen blauen Shorts. Die glatten weißen Beine der unter der Straßenbeleuchtung stehenden Frau rissen ihn hin. Seine seit längerer Zeit unterdrückten sexuellen Bedürfnisse bellten wie ein angeketteter Hund. Ali konnte die einladenden Blicke der Frau nicht länger ignorieren. Unter der Wirkung des Rausches bewegte er sich schwankend auf sie zu. Als er bei ihr war, schloss die Frau leicht ihre Augen und streckte Ali ihre Lippen hin, damit er die Zigarette in ihrem Mund anzünde.

Ali blickte mal auf die Zigarette, mal auf die verführerischen, rotgefärbten Lippen der Frau, die ihn mit aufforderndem Blick bat, ihr Feuer zu geben. Ali holte sein Feuerzeug aus der Tasche und zündete mit zitternden Fingern die Zigarette der schönen Frau an. Sie fragte etwas in einer Sprache, die er nicht verstand, und weil sie das merkte, wiederholte sie ihre Frage auf Englisch:

»Your name?«

Nur mit leiser Stimme konnte Ali antworten:

»Name Ali.«

Ali war dankbar, dass er »Name« verstanden hatte. Noch bevor er seine Gedanken sammeln konnte, stellte die Frau die zweite Frage:

»Where are you from?«

Da sie das Wort »from« verwendete, fragt sie bestimmt, aus welchem Land ich komme, sagte Ali zu sich selbst. Erfreut, dass er auch diese Frage verstanden hatte, antwortete er:

»Türk, Türkiye.«

Seine Antwort rief ein Lächeln auf dem Gesicht der Frau hervor, was Ali in Hochstimmung versetzte. Überrascht sagte die Frau in aserbaidschanischem Dialekt:

»Oh, Mann, du bist also ein türkischer Mann. Mein Name ist Şamkat. Ich bin Aserbaidschanerin aus dem Iran. Ich habe lange in Istanbul gelebt.«

»Ich bin Kurde aus der Türkei«, sagte Ali.

Noch an Ort und Stelle begannen sie trotz der unterschiedlichen Dialekte eine intensive Unterhaltung. Einiges später stiegen sie die vor Dreck starrenden, schwarzen Stufen der Hoteltreppen hinauf. Nachdem sie ihr Zimmer betreten hatten, begutachtete Şamkat Ali von oben bis unten, als würde sie ein Foto gründlich betrachten. Ali konnte diese Blicke, die ihm bis ins Herz gingen, nicht deuten. Seiner Ansicht nach bestand das einzige Ziel dieser Frau darin, Geld zu verdienen, und deshalb verkaufte sie ihren Körper. Aber statt ihre »heilige Pflicht« zu erfüllen, stand die Frau vor ihm und betrachtete ihn genau. Ihre Blicke verstörten Ali.

»Worauf warten wir?«

Alis Frage holte die Frau wieder in die Gegenwart zurück; es war, als ob sie aus einem tiefen Schlaf erwachte.

»Dein Name ist sehr schön, wie deine Augen...«

Ali antwortete nicht auf die Komplimente der Frau, trat an sie heran, packte sie an den Hüften und zog sie an sich. Zuerst zog er ihre weiße Bluse aus, dann die handbreiten blauen Shorts, die ihre Hüften gerade soeben bedeckten, und schob seine rechte

Hand zwischen ihre Schenkel. Die Frau hinderte Ali nicht daran. Der heißen Haut der Frau entströmte ein scharfer Geruch nach Deodorant und ließ Alis Blutdruck in die Höhe schnellen. Plötzlich hob er die Frau hoch und warf sie auf das Bett. Er packte die Frau an wie ein Wolf, der sich an seiner Beute festkrallt. Nach einige Zeit fiel die Frau in Schlaf.

Waren all diese Ereignisse nur Phantasien und Gedankenspiele oder war es Realität? Ali betrachtete die Frau, die neben ihm lag, hingestreckt wie das Gemälde einer nackten Frau.

»Was hat sie nur für einen seltsamen Namen. Şamkat«, sagte er zu sich selbst.

Faktisch hatte Ali die Einheit und Harmonie zwischen seiner Seele und seinem Körper verloren. Er ähnelte einem wilden Tier, das seinen Bedürfnissen hinterherjagt und seine Beute verfolgt. Für ihn gab es nur Suche: Suche nach Essen, nach Trinken, nach einem Unterschlupf und nach Sex. Seit langem lebte er flatterig wie die Krähen.

Ohne ihre Augen vollständig zu öffnen, zog Şamkat das Bettzeug mit ihren Füßen zu sich heran, um ihren nackten Körper zu bedecken, und verknäulte es zwischen ihren beiden Knien.

»Hast du noch gar nicht geschlafen?«

»Habe schon«, hatte Ali der Frau geantwortet.

Aber trotz seiner Betrunkenheit konnte Ali die Augen nicht schließen und schlafen. Was würde passieren, wenn die Frau ihre Bezahlung verlangen würde? Er hatte keinen einzigen Cent in seiner Tasche. Was sollte er nun machen? Wie konnte er aus diesem Hotel fliehen? Da Ali die Auflösung seiner Gefühle, Gedanken und Werte nicht erkennen wollte, schob er alles auf den Alkohol.

»All das wäre nicht geschehen, wenn ich nicht getrunken hätte«, sagte er sich.

Längst hatte er jegliche Wertschätzung der Menschen und des Lebens hinter sich gelassen. Er lächelte nun darüber, dass er sich um die Frage der Bezahlung Sorgen machte. Der Frau entging Alis Lächeln nicht.

»Deine Freude möge beständig sein!«, sagte sie zu Ali.

»Ich danke dir. Alles soll gemeinsam sein!«

Was für ein angenehmer und sympathischer Mensch war diese Şamkat, und besonders ihre Aussprache und dieser Tonfall ... Ali war von der Frau sehr angetan. Aber musste er sich denn in sie verlieben, in eine Frau, die sich so leicht mit Männern einließ? Bestimmt gab es auch Zuhälter, die solche wie sie zum Anschaffen losschickten und »beschützten«. Würde er sich nun selbst Ärger einhandeln? Aber bis zu diesem Zeitpunkt hatte sich noch niemand bei Şamkat gemeldet. Und dies war nach Alis Meinung nicht das Übliche. Sollte er vielleicht die Frau fragen? Während Ali durch die Wellen seines Gedankenmeeres kraulte, fragte Şamkat:

»Ich habe schon Hunger, sollen wir etwas essen gehen?«

Das wäre für Ali eine Gelegenheit, aus dem Hotel zu fliehen. Er würde sich mit der Ausrede aus dem Hotel schleichen, dass er einkaufen gehen wolle, und dann einfach nicht wieder zurückkommen.

»Wenn du Hunger hast, gehe ich einkaufen und bringe uns etwas zu essen mit.«

»Nein, lass uns draußen essen!« Darauf bestand Şamkat. Alis Absichten prallten ab von ihrer Mauer aus Freundlichkeit. Es gab keine andere Möglichkeit, er musste ihr sagen, dass er kein Geld hatte.

»Ich, ich ... hmm, ich habe kein Geld. Mein Geldbeutel wurde gestohlen.«

»Hat jemand von dir Geld verlangt?«, fragte Şamkat.

Gutmütigkeit macht die Menschen stumm. Alles, was du sagen willst, verliert seine Bedeutung. Auf Şamkats Antwort senkte Ali den Kopf. Stille breitete sich im Hotelzimmer aus. Schließlich begann Ali zu reden:

»Ach, wenn das Leben der Menschen doch nur so lang wäre wie das der Schmetterlinge ...«

»Du sollst nicht so denken!«, sagte Şamkat.

Sie näherte sich Ali, umarmte ihn liebevoll und küsste ihn auf den Kopf.

»Das, was der Mensch geschaffen hat, kann weder die Zeit noch den Tod überwinden, Ali.«

Danach stand sie auf, und während sie im Zimmer umherlief, sagte sie:

»Was für einen Unterschied gibt es zwischen uns und den Schmetterlingen, wenn wir von den Schmerzen absehen, die wir in unserem Leben säen? Komm, steh auf, lass uns essen gehen!«

Sie reichte Ali seine Kleidung zu und fing an, sich selbst anzukleiden. Während Ali in seine Kleider schlüpfte, betrachtete er den Körper und das Gesicht der Frau, die ihm jetzt noch viel schöner erschien als in der Nacht.

Draußen, auf der Straße, hielten sie sich ausgelassen an den Händen. Şamkats und Alis Blicke trafen sich. Während sie sich anschauten, verloren sie den Boden unter den Füßen. Alis Körper geriet ungewollt in Hochspannung und Schweiß. Eine so starke Erregung hatte er nicht einmal gefühlt, als sie sich geliebt hatten. Zum ersten Mal seit der vergangenen Nacht erlebte er wieder ein solches Hochgefühl. Unmerklich entwickelte er intensive Gefühle für Şamkat. Er wünschte sich sehnlich, sie zu einem Teil seines Daseins zu machen. Einerseits genoss er diese Gedanken, andererseits sträubte er sich gegen sie. Denn Şamkat müsste unbedingt ihre Arbeit als Prostituierte beenden.

Die Freude dieser verzauberten Minuten beflügelte Ali. Noch schöner und wertvoller als der Liebesakt der letzten Nacht waren die Gefühle dieses einen Augenblicks. Es kam ihm wie ein Wunder vor, dass inmitten des Desasters, in dem er seit einiger Zeit lebte, ein so schöner Moment existieren konnte. Auch wenn die Felsen der Macht der anbrandenden Wellen standhalten, verlieren sie durch Druck und Wiederholung jedes Mal etwas von ihrer Substanz. So hatte die Zeit – kaum merklich – auch Ali einiges genommen. Gerade unternahm er den Versuch, das ihm von der Zeit Geraubte zurückzuholen. Er wollte einen Menschen lieben und ihm vertrauen. Der Weg zur Liebe führt durch Mühen und der Weg zum Vertrauen öffnet sich beim Kennenlernen. Aber inwieweit kannte Ali überhaupt Şamkat? Diese Frage, die er sich selbst gestellt hatte, konnte er nicht beantworten. Weil Liebe Vertrauen benötigte, musste er nun irgendwo anfangen. Seitdem sie das Hotel verlassen hatten, liefen sie nebeneinander und Ali fragte sich unterdessen, wo er anfangen sollte. Plötzlich blieb er stehen; die zerbrechlich erscheinenden zarten Hände von Şamkat lagen in seiner Hand.

»Was bedeutet Şamkat?«

»Nutte … Şamkat bedeutet Nutte«, antwortete Şamkat, ohne zu zögern.

Diese Antwort verwirrte Ali und löste Scham aus. Eine Weile liefen sie weiter, ohne zu sprechen. Dann hielt Ali Şamkat mitten auf der Straße an und sagte:

»Bitte um Entschuldigung, wenn ich dich verletzt habe.«

Dann legte er seine Hand unter Şamkats Kinn und hob ihren gesenkten Kopf. Direkt in ihre Augen blickend gestand er:

»Dir kommt es vielleicht sehr absurd vor, aber ich möchte dich kennenlernen, mit dir leben, mit dir zusammenbleiben, Şamkat!«

Als ob sie nicht gehört hätte, was Ali gesagt hatte, fing sie an zu erzählen: »Meine Großmutter gab mir diesen Namen. Meine Mutter soll nach einer unehelichen Beziehung schwanger geworden sein. Nach dieser verbotenen Beziehung bin ich geboren worden. Gleich danach ließ mich meine Mutter zurück; eines Nachts verschwand sie blitzartig aus dem Haus und machte sich aus dem Staub. All dies habe ich erst viel später erfahren. Nach Aussagen einiger Leute wurde sie später ermordet, anderen Gerüchten zufolge ist sie mit ihrem Liebhaber geflohen. Nicht ein einziges Foto habe ich von ihr. Wenn ich ihr jetzt begegnen würde, würde ich sie nicht erkennen.«

Es gibt manche Wunden, vor denen man fliehen und von denen man sich befreien möchte; aber diese kleine, attraktive Liebesdienerin forderte ihr Leben und ihre Schmerzen heraus. Nach ihrer Auffassung sollte man nicht versuchen, vor sich selbst wegzulaufen, sondern die eigenen Wunden zu lieben. Weil der Mensch nur mit seinen Wunden, Schmerzen und Freuden ein Mensch ist.

Mit einem gedankenverlorenen Blick schaute Ali ins Leere. Şamkat erzählte und er versuchte, in der Leere Şamkats Schicksal zu umarmen.

»Woran denkst du?«, fragte Şamkat.

»Nichts war so, wie es von außen aussah«, sagte Ali.

Şamkat lachte. Und wie immer diente das Lachen dazu, ihren Schmerz zu verbergen.

Über ihre aufrichtige, freundschaftliche Unterhaltung vergaßen sie ihren Hunger. Zum Glück erinnerte sich Ali an seinen Hunger, als sein Blick auf das gegenüberliegende Restaurant fiel.

»Komm, los, lass uns da etwas futtern!«

Şamkat hatte keine Einwände gegen seinen Vorschlag. Sie setzten sich an einen der Tische des Restaurants, die draußen aufgestellt waren. Aus der Speisekarte, die der Kellner vorlegte, bestellten sie sich etwas Einfaches zum Essen. Die beiden waren hungrig wie Wölfe. Sie redeten nicht, bis ihre Teller leer waren. Während des Essens prägte sich Ali das Gesicht und die Bewegungen Şamkats ein. Die Schüchternheit der Frau, die in ihren Bewegungen zum Ausdruck kam, setzte ihn in Erstaunen. Wie war es möglich, dass eine Frau, die ihren Körper verkauft, so schüchtern war? Er hatte ein ganz anderes Bild von einer »Lebefrau« gehabt.

Nachdem sie mit dem Essen fertig waren, verließ Şamkat den Tisch unter dem Vorwand, zur Toilette gehen zu müssen, bezahlte die Rechnung und kam wieder zurück. Ohne dass sie sich wieder hinsetzte, wendete sie sich zu Ali hin und sagte:

»Komm, steh auf, laufen wir noch ein bisschen herum! Vielleicht bis du noch immer neugierig und möchtest gern auch andere Dinge über mich wissen?«

»Das ist bei mir keine Neugier. Du hast mich so sehr beeindruckt, dass ich dich kennen lernen möchte«, erwiderte Ali.

Şamkat ignorierte, dass Ali mit Beharrlichkeit sein Herz und seine Gefühle für sie öffnete. Genauso wie Ali versuchte, sie kennen zu lernen, wollte sie eigentlich auch Ali kennen lernen und ihm vertrauen. Aber Şamkat wusste ihre Gefühle zu beherrschen, war sie doch bisher gerade von denen am meisten und tiefsten verletzt worden, die beteuert hatten, dass sie sie liebten. Und genau die waren auch die ersten, die sie verlassen hatten. Aus diesem Grund hatte sie sich bei der Unterhaltung mit Ali besser unter Kontrolle und war in der Rolle einer Lehrerin. Schließlich war Ali nicht der erste, der ihr seine Gefühle offenbarte. Im tiefsten Inneren wünschte sie sich indessen, an seine Worte zu glauben, denn auch sie war von Ali sehr beeindruckt.

Unsere Vorfahren haben gesagt, dass das von seinem Ast getrennte Blatt zum Spielzeug des Windes wird. Şamkat war eine von denen, die die Realität am ganzen Körper fühlte. Deshalb war sie Ali gegenüber besonnen.

»Verstehst du das? Das Leben ähnelt einem dahinströmenden Fluss. In diesem Fluss des Lebens gibt es sowohl Ertrunkene als auch Verschwundene. Seitdem ich mich entschlossen habe, nicht zu verschwinden, kraule ich«, sagte sie.

Şamkat verfügte über große Selbstsicherheit und ihre Stimme klang selbstbewusst.

»Immerzu hast du mich befragt, nun lass mich dich befragen«, sagte sie.

Ali war sehr aufgeregt.

»Natürlich, natürlich ... Du sollst mich auch kennen lernen.«

»Aber dafür muss ich nicht nach Besonderheiten in deiner Vergangenheit suchen. Wenn die Menschen zusammen sind, miteinander leben, wenn sie gemeinsam ihren Weg gehen, dann lernen sie einander kennen. Man muss nicht in die Vergangenheit zurück- und in die Gegenwart hineinblicken. Wichtig ist, wie die Menschen der Zukunft begegnen, während sie zusammen gehen.«

Şamkats Äußerungen, ihre klare Sprache, ihre reife und einfühlsame Art riefen bei Ali eine tiefe Bewunderung hervor.

»Welches geflügelte Wesen lebt nach deiner Meinung am längsten?«

Diese Frage ließ Ali zögern.

»Ich weiß es nicht genau. In vielen Märchen trägt es den Namen Zümrüd-ü Anqa ...«

Şamkat unterbrach Ali. »Mit anderen Worten: Simurgh* ... Aber ich frage dich nach lebenden Flügeltieren. Nicht nach denen, von denen die Legenden sprechen.«

Während Ali sich über seine Schwerfälligkeit grämte, weil ihm keine rasche Antwort auf die Frage einfiel, sprach Şamkat weiter.

»Die Vogelart mit der längsten Lebensdauer ist der Adler. Der lebt etwa siebzig bis achtzig Jahre. Aber wenn er vierzig Jahre alt wird, dann muss er eine lebenswichtige Entscheidung treffen.«

»Wieso das?«, fragte Ali erstaunt.

»Wenn der Adler sein vierzigstes Lebensjahr vollendet hat, verlieren sein Schnabel und seine Krallen ihre Funktion für die Jagd, ihre Schärfe geht verloren. Da der Adler nun nicht mehr jagen und sich nicht ernähren kann, verliert er seine Kräfte und seine Flugfähigkeit, weil seine Federn und Flügel verkümmern. Nun steht der Adler vor der Alternative: Entweder akzeptiert er diese Tatsache und wird sterben, oder er wagt, obwohl ihm ein schmerzvoller und mühsamer Prozess bevorsteht, seine zweite Geburt. Für die Wiedergeburt ist eine Zeit von etwa sechs Monaten erforderlich. Wenn der Adler sich für die Wiedergeburt entscheidet, findet er zunächst für sich einen ruhigen Platz am Rande der hohen Felsen. Er zerstört seinen Schnabel, indem er ihn tagelang auf einen Stein schlägt, bis der alte Schnabel abfällt. Hungrig und durstig wartet er wochenlang darauf, dass ein neuer Schnabel nachwächst. Nachdem er einen neuen Schnabel bekommen hat, beginnt er, seine alten Federn und Flügel auszurupfen, was ihm das Fliegen unmöglich macht. Am Ende dieser langen mühsamen Zeit erfährt der Adler seine zweite Geburt, die ihm ein dreißig bis vierzig Jahre längeres Leben ermöglicht. Wenn wir Menschen eine zweite Geburt zuwege bringen wollen, müssen wir unsere Vergangenheit, alle der Vergangenheit angehörenden Dinge, die uns in die Tiefe des Brunnens ziehen, aus unserem Leben entfernen, genauso wie der Adler es macht.«*

Şamkat war wie ein sprechendes Buch, eine reiche Bibliothek. Nach jedem ihrer Sätze folgte ein neuer, Ali geradezu fesselnder Satz.

»In unserer Tradition ist das Schicksal der Frau ohne Wert. Dieses Schicksal der Wertlosigkeit kostete uns Frauen aber immer ein Vermögen. Wenn du mit mir Liebe machst, erbebst du vor lauter Lust ...«, sagte Şamkat und verstummte. Ihr blieben die

Worte im Hals stecken, sie atmete tief ein und aus. Endlich sprach sie weiter.

»Wenn ich mit Männern zusammen bin, fühle ich nichts. Ich habe die bei der körperlichen Vereinigung von Mann und Frau entstehende Lust und Ekstase noch nie erlebt. Solche Gefühle wurden mir schon in meinem siebten Lebensjahr mit der Schärfe eines verrosteten, schmutzigen Rasiermessers auf blutige Weise geraubt. Das nennt man Brauch, religiöses Recht, Beschneidung.«

Ali erlebte einen Schock nach dem anderen. Natürlich wusste er, dass männliche Kinder beschnitten werden; das war in der Gesellschaft, in der er lebte, ein Tabu, ein unverzichtbarer Glaubensgrundsatz. Aber von der Beschneidung der Frauen hörte er zum ersten Mal von Şamkat.

Sie erzählte Ali einiges aus ihrem bisherigen Leben, konnte aber nicht über den alten Mann sprechen, an den ihre Großmutter sie verkauft hatte. Sie schwieg über die Misshandlungen, denen sie ausgesetzt war, über die psychische und sexuelle Gewalt, die von diesem Mann ausgeübt wurde. Die tragische Lebensgeschichte und Traumatisierung Şamkats lassen einem das Blut in den Adern erstarren.

Ganz sanft kuschelte sie sich an Ali und legte ihren Kopf an seine Brust.

»Kannst du meine Haare streicheln?«, fragte sie ihn mit müder, erschöpfter Stimme.

Sie konnte sich nicht daran erinnern, wann zuletzt ihre Haare so liebevoll gestreichelt worden waren.

Ali strich so behutsam über Şamkats Haare, als ob er zarten Tüll berühren würde, und streichelte sie zärtlich und liebevoll. Seine Hände strahlten eine Wärme aus, die Şamkat an Liebe und Zärtlichkeit erinnerte, die sie schon längst vergessen zu haben glaubte. Die beiden hatten - feige oder mutig – eine Wahl getroffen. Besonders für Ali konnte von nun an das Leben mehr sein als körperlicher Genuss oder sexuelle Bedürfnisse. Şamkat erinnerte ihn daran, dass er ein Herz hatte, erinnerte ihn an Liebe, Zärtlichkeit und Barmherzigkeit ... In seine dunklen Nächte hinein wurde Şamkat wie ein neuer Tag geboren.

Eigentlich war nichts so, wie es von weitem aussah. Bevor man ein endgültiges Urteil fällt, soll man vierzig Mal darüber nachdenken. Das größte Verbrechen, das ein Mensch gegen einen andere begehen kann, ist das Vorurteil. Und Ali hatte gegen Şamkat dieses Verbrechen begangen. Er fühlte sich schuldig. In einer Gegenwart, in der selbst ein in der Luft fliegender Vogel nur schwer überleben kann, wie konnte diese Frau es da schaffen, am Leben zu bleiben? Überdies war sie mit sich selbst und mit allem verbunden und bezeichnete das, was verloren gegangen war, als etwas, von dem wir uns befreit haben.

In der Vergangenheit jedes Menschen gibt es Ereignisse, von denen er sich nicht befreien kann. Ereignisse, die einen wie ein Schatten verfolgen, die sich in das Herz eingraben und sich in jeder beliebigen Situation melden und sagen: »Hier bin ich!« Wie hatte Şamkat diesen Herrscher aus dem Schattenreich überwinden können? Wie hatte sie ihre einem Puzzle ähnelnde Seele wieder zusammensetzen und vervollkommnen können?

»Folge deiner Seele, wohin sie geht«, sagte sie zu Ali.

Ali wollte sich von den verlogenen Normen und Gewohnheiten der Vergangenheit befreien. Er wollte sich diesem bedingungslosen und voraussetzungslosen Lächeln Şamkats ergeben. Er lernte von ihr neue Worte mit neuen Bedeutungen. Er wollte mit ihr das letzte Blatt seiner unglücklichen Lebensgeschichte abschließen und wie bei einem Fest der Schwalben mit den Flügeln schlagen.

Allmählich neigte sich der Tag zum Abend. Der Duft des Geißblatts am Eingang der Straße breitete sich über den ganzen Stadtteil aus. Ganz fein drang dieser zarte Geruch in alle Winkel. Şamkat und Ali hörten die Stimme des Windes auf dem höchsten grünen Hügel der Stadt - weit entfernt von allen Fragen und Problemen, die ihre Seelen ermüdeten. Der zarte Duft des Geißblatts war die schönste Beschreibung ihres augenblicklichen Glücks.

»Wann kann ich dich noch einmal sehen?«, fragte Şamkat.

»Warum? Gehst du irgendwohin?«, erwiderte Ali.

»Der Ort, zu dem ich gehe, sind die Straßen. Von dort bin ich hergekommen. Und du, wohin wirst du gehen?«, fragte Şamkat.

»Du sollst dieses Leben aufgeben. Du hast doch die Geschichte des Adlers nicht umsonst erzählt, oder? Komm, wir verwirklichen gemeinsam unsere zweite Geburt. Schau, wir können von hier weggehen und gemeinsam ein neues Leben aufbauen«, fügte Ali hinzu.

»Ist denn der Ort, wohin wir gehen würden, so viel anders als hier? Ganz Europa ist schon zu einer Müllhalde für Flüchtlinge geworden.«

Wenn Ali sich von seinem Laster, seiner Drogensucht, befreien könnte, würde er anfangen zu arbeiten und dann könnten sie zusammen bescheiden und schön leben. Aber hier hatte er sofort nach seiner Ankunft Unsinn gemacht. Nichts ließ er unversucht, er wurde von allen Seiten isoliert und ausgenutzt. Das schlimmste war, dass er immer noch keinen Antrag als Flüchtling gestellt hatte. Er lebte hier illegal. Seine Erwartungen an das Leben waren sehr groß. Die von Şamkat waren viel realistischer und bescheidener.

Alis Telefon klingelte, endlich kam der erwartete Anruf. Man wünschte, dass er sich morgen in Thessaloniki einfinden solle. Der Anrufer war afghanischer Herkunft und die Afghanen mochten nicht, dass man sie warten ließ. Ali war bereit, sofort aufzubrechen, aber was würde mit Şamkat? Er wollte sie nicht hierlassen und weggehen. Mit allen Mitteln wollte er versuchen, sie zu überzeugen.

Die riesige Stadt lag zu ihren Füßen. Die Lichtstrahlen der Stadt ähnelten Sternhaufen und blinkerten ihnen von weitem in die Augen. Von dieser schönen Aussicht wollten sie sich nicht losreißen. Bis spät in die Nacht saßen sie nebeneinander und unterhielten sich. Die Stunden vergingen, in den späten Nachtstunden wurde es beiden kalt. Ali holte einen viereckigen Blechkanister, der in geringer Entfernung von ihrem erhöhten Sitzplatz stand; auch Reisige in ihrer Nähe las er auf, füllte damit den Kanister und zündete ein Feuer an. Sie wärmten sich am knisternden Feuer. Ihre warmen Hände trafen sich. Şamkat, die ihren Kopf auf Alis Knie gelegt hatte, schlief ein, auch wegen der wohltuenden Wärme des Feuers. Weder Ali noch Şamkat ahnten, dass diese Nacht die letzte für sie sein sollte.

Nun wurde es schon Morgen und die blonden Strähnen der Sonne erhellten die Umgebung. Ali streichelte liebevoll und zum letzten Mal die Haare Şamkats, die auf seinen Knien ruhte. Sie mussten so schnell wie möglich nach Thessaloniki. Mit dem Zug von Athen würden sie die Stadt erst nach sechs Stunden erreichen. Er weckte Şamkat auf, die noch immer auf seinen Knien schlief.

»Komm, mach dich fertig, wir gehen!«

»Gestern Nacht habe ich dir schon meine Meinung dazu gesagt. Ich werde nicht auf diese Reise gehen. Ich habe eine legale Aufenthaltserlaubnis und einen Pass. Wenn ich auf illegalen Wegen erwischt werde, wird alles annulliert. Hör mir zu, gehe nicht diesen Weg! Es gibt jetzt schon Schnee auf den Bergen. Geh nicht weg, Ali! Ich habe dich so liebgewonnen. Und wenn du mich auch liebst, bleibst du hier. Wir beide können hier unser Leben neu aufbauen.«

Ihre Stimme klang wie ein Weinen, ihre Worte verwandelten sich in Flehen. Aus ihren großen Augen flossen Tränen. Aber vergeblich, sie konnte Ali nicht überzeugen. Er bestand drauf zu gehen.

»Wenn ich hierbleibe, bekomme ich Ärger. Hier ist es erbärmlicher als die türkische Senkgrube.«

»Du fliehst vor dir selbst, Ali. Du bist selbst unsicher. Man muss nicht sein eigenes Wesen zerstören, wenn jemand anderes schlecht ist.«

Mit jedem Wort hatte Şamkat Recht. Der Weg, den Ali beschreiten wollte, war sehr riskant. Kroatien, Serbien, Montenegro, Bosnien, Slowenien, Ungarn oder Italien - mindestens sechs, sieben Grenzen mussten zu Fuß überquert werden. Viele Menschen, die diesen Weg ausprobiert hatten, waren ihm schon zum Opfer gefallen. Manche wurden ausgeraubt, manche wegen ihres Geldes ermordet. Aber Ali beharrte auf seiner Entscheidung. Trotz aller Bemühungen konnte Şamkat ihn von seinem Vorhaben nicht abbringen.

Ohne sich selbst den Grund erklären zu können, war Şamkat sehr beunruhigt.

»Kann man ohne Geld aufbrechen? Nimm dieses Geld an, damit du Geld bei dir hast!«, sagte sie zu Ali.

Der aber lehnte das von Şamkat zugereichte Geld entschieden ab.

»Behandelst du mich wie einen Bettler?«, fragte er grimmig.

Tatsächlich wollte Şamkat Ali bei seiner begonnenen einsamen Todesreise nur ein wenig unterstützen und ihn nicht ohne Geld ziehen lassen. Heimlich steckte sie das Geld in Alis Tasche.

Ist es ein Singvogel in der Nähe, den sie nicht sehen kann, dessen süßes Gezwitscher in ihre Ohren dringt? Für seinen schönen Gesang spitzt Şamkat ihre Ohren. Und je näher das Zwitschern kam, desto langsamer wurde ihr Atem. Plötzlich überkam sie ein Schaudern. Angst und Enttäuschung machten sich in ihr breit. Bis heute hatten alle und alles sie verlassen. Hatte sie vielleicht künstlich eine erwünschte Stimmung geschaffen, um glücklich zu sein? Nein, das hatte sie wirklich nicht nötig; längst schon hatte sie die Zerstörungen, die das Leiden im Gehirn verursacht hatten, und die melancholischen Stimmungen überwunden. Doch jetzt wollte sie nur die Perspektivlosigkeit und die Ungewissheit der Zukunft anhalten, die Ali soeben erlebte.

Die Zeit raste, Ali musste sich so bald wie möglich auf den Weg machen, wollte er nicht zu spät bei seinem Treffen in Thessaloniki sein. Sie begannen, vom Hügel, auf dem sie gerade noch gesessen hatten, in Richtung Stadtmitte herabzulaufen. Şamkat hielt Alis Hand fest. Als Zeichen der Grenzenlosigkeit ihrer Liebe und des Schicksals riss sie sich ein Büschel Haare vom Kopf und legte es Ali in die Hand.

»Vergiss nicht die Stimme des Vogels, der eben für uns gesungen hat, und vergiss mich nicht. Hast du verstanden, Ali?«, bat Şamkat.

»Ich werde mich an dich so, wie du bist, erinnern. Alles an dir liebe ich. Warte auf eine Nachricht von mir, ich werde dich zu mir holen.«

Ali verließ das Wunder seines Lebens am Bahnhof und ging. Er verknüpfte Şamkats Haare, die sie in seine Hand gelegt hatte, zu einem Amulett, band es mit einer dünnen Schnur an eine Gebetskette und hängte es sich um den Hals.

Nach einer langen, schlaflosen und ermüdenden Zugfahrt hatte Ali endlich Thessaloniki erreicht. Der Afghane, mit dem er sich verabredet hatte, wollte auf ihn im Hotel Rhapsodie im Zentrum warten. Zwar hatte Ali sich nicht verspätet, aber trotzdem war es besser, ein Taxi zu nehmen, denn Taxifahrer waren ziemlich gut darin, eine Adresse zu finden.

Am Bahnhof stieg er die Treppen hoch, nahm das vorderste Taxi in der Taxistation am Straßenrand und hielt dem Fahrer ein Blatt Papier hin. Der verzog sein Gesicht zu einer Grimasse, unklar, ob wegen der kurzen Strecke oder wegen seiner Antipathie gegenüber Ausländern. Er startete und nach etwa zehn Minuten hatte Ali schon das Hotel erreicht.

Thessaloniki hat eine grandiose Silhouette. Die Stadt war nach Plan gebaut; alles war am richtigen Ort. Ach, wenn doch auch Şamkat diese Schönheit sehen könnte!, dachte Ali. Eigentlich war Thessaloniki viel mehr als alles, was Ali je gesehen hatte. Die griechische Schriftstellerin Despina Pandazis hat Thessaloniki »Tochter von Istanbul, Schwester von Izmir« genannt. So wie die Menschen seit Adam gleichartige Muster der Genkarte sind, weisen auch die Geographien und Ortschaften Verwandtschaft auf. Und so war es wirklich gewesen: Diese Stadt, die nach Thessalonike, der Frau des damaligen Königs Therman, benannt worden war, hatte immer wieder betont, dass sie eine Verwandte von Izmir sei. Von welcher Seite aus man auch immer die Stadt betrat, ob von der Küste, vom Strandufer, von den Restaurants, den Vergnügungsorten aus – überall konnte man den Geist von Izmir-Kordon spüren. Tag und Nacht waren die Straßen, die Plätze, die Cafés in Betrieb und sprühten vor Leben. Thessaloniki zu entdecken ist genauso wie der Besuch des vermuteten Sterbeortes von Mutter Maria im Dorf Şirince bei Selçuk in der Provinz Izmir - es ist, als unternähme man eine Reise ins Land der mythologischen Helden.

Vor dem Hotel beendete eine Nachricht auf Alis Mobiltelefon den Ausflug seiner Phantasie. Die Nachricht kam von dem Afghanen, der ihn über die Grenze bringen würde; er hatte auch den Standort des Treffpunktes mitgeteilt. Ali machte sich auf den Weg. Der von dem Mann angegebene Treffpunkt war ein Haus, das nur etwa dreihundert Meter von Alis Standort entfernt war.

Als er die Haustür erreichte, empfing ihn ein wie ein indischer Fakir aussehender alter Mann, dessen Vorderzähne komplett ausgefallen waren und dessen lange, verfilzte Haare vor Schmutz ölig glänzten. Der Mann schaute sich prüfend und genau um und brachte Ali zu einem Flur, dessen Treppen zu einem dunklen Keller führten. Ali folgte dem alten Mann in den Korridor, der wie in Serpentinen verlief. Dieses Gebäude war ein vom zweiten Weltkrieg zurückgebliebener Bunker. Je weiter Ali und der alte Mann ins Innere vordrangen, desto lauter wurden die Stimmen der Menschenmenge, der sie sich näherten. Als sie den Raum betraten, endeten plötzlich alle Geräusche, die sie von weitem gehört hatten. Zugleich drehten die im Kerzenlicht sitzenden Menschen ihre Köpfe zur Tür, zu Ali und dem alten Mann. Ein wie ein Afghane gekleideter Mann mit leicht geschminkten Augenlidern stand auf, begrüßte Ali und bot ihm seinen Platz zum Sitzen an. Mit diesem Mann hatte Ali mehrfach telefoniert. Nun begegneten sich Ali und Sami Muhammet zum ersten Mal von Angesicht zu Angesicht.

Sami konnte sehr gut Türkisch. Seine Augen unter den vollen Augenbrauen strahlten kein Vertrauen aus. Sami drehte sich den Menschen zu, die Ali mit Neugier betrachteten, und gab ihnen eine kurze Erklärung. Vermutlich sagte er ihnen, dass Ali genau wie sie ein Reisender sei - und danach wurden sie freundlicher zu Ali. Nach einiger Zeit bildeten die Menschen einen Kreis, holten einen Jungen in die Mitte und begannen mit ihm ein Spiel. Ali konzentrierte seinen Blick auf den in der Kreismitte einen Bauchtanz vorführenden Jungen und auf die in die Hände klatschende Menge um ihn herum. Um die

Knöchel trug der etwa zwölf oder dreizehn Jahre alte Junge Fußreifen, die mit kleinen Glöckchen geschmückt waren. Mit seinen aus Stoff angefertigten Brüsten sah er wie eine Frau aus. Als Sami die überraschten Blicke von Ali bemerkte, näherte er sich Alis Ohr und flüsterte:

»Bei uns nennt man dies Bacbaz*-Tanz.«

In Alis Kopf drehte sich alles. War das eine ganz gewöhnliche Tanzvorführung mit einem Mann in Frauenkleidern? Aber hier war der Tänzer doch ein kleiner Junge! Wahrscheinlich würde niemand freiwillig anstelle dieses Jungen sein wollen, den die Hände, die aus der Menge herausgestreckt wurden, rücksichtslos sexuell belästigten.

Dies ist in der afghanischen Senne-Tradition* ein so genannter »Tanz mit dem Lustknaben«. Da Frauen und Männer sich wegen der strengen religiösen Traditionen und Sitten nicht im gleichen sozialen Umfeld aufhalten dürfen, verkleiden die Männer jemanden als Frau und befriedigen auf diese Weise ihr Bedürfnis nach sexueller Erregung. Die Jungen, die in solchen Gesellschaften tanzen, sind entweder Vollwaisen, verlassene Kinder oder stammen aus sehr armen Familien. Jungen mit femininen Zügen werden bevorzugt als Bacbaz-Tänzer ausgesucht. Den Ekel erregenden Erzählungen Samis zufolge gehen diese Veranstaltungen bis spät in die Nacht und die anhaltenden sexuellen Belästigungen mit den Händen führen schließlich zum Geschlechtsverkehr gegen Bezahlung von 50 bis 100 Afghani.

Ali wollte sich so schnell wie möglich aus dieser abscheulichen Umgebung entfernen. Er drehte sich zu Sami und fragte:

»Gut, aber wann fahren wir los?«

»Ihr fahrt morgen los. Wie viele Personen seid ihr? Seid ihr mit eurer Vorbereitung schon fertig?«, fragte Sami.

»Ich bin allein und habe auch kein Geldproblem. Mein älterer Bruder aus Holland wird mir morgen Geld überweisen.«

»Ich warte nicht, bis die Überweisung kommt. Schau mal, alle kommen der Reihe nach dran. Dich habe ich ja an die Stelle eines Anderen auf die Liste gesetzt.«

»Seit Monaten versprichst du mir, dass du mich von hier wegbringst. Sei sicher, dass du morgen mein Geld in den Händen hast«, sagte Ali mit flehender Stimme.

»Ich gehe jetzt raus, komme mir nicht gleich nach. Ich werde eine Nachricht an dein Handy schicken, dann kommst du unbemerkt von den anderen nach«, sagte Sami und verließ den Raum, während die anderen in den Bacbaz-Tanz vertieft waren.

Die Luft war unerhört feucht und vom Zigarettenrauch stickig, es gab fast keinen Sauerstoff mehr, keine Luft zum Atmen. Zum Glück schickte Sami nach kurzer Zeit eine Nachricht an Alis Handy, dass er rauskommen solle. Wie Sami nutzte Ali die Gelegenheit, den Raum zu verlassen, während die anderen dem Tanz konzentriert folgten.

Kaum war Ali draußen, da kam Sami aus der dunklen Hausecke, in der er gestanden hatte, packte ihn am Arm und schob ihn zu dem bereitstehenden Kleintransporter Marke Minibus.

»Ich habe dir gesagt: morgen, aber der Plan wurde geändert. Ihr werdet schon heute Nacht losfahren. Schreib deinem Bruder, dass er das Geld auf meinen Namen sendet!«

Ali wusste nicht gleich, ob er sich über diese Neuigkeit freuen oder aufregen sollte. Plötzlich ging die Tür des Transporters auf, Sami schubste ihn von hinten hinein. Danach sagte er zum Fahrer, der seinen Kopf aus dem Fenster herausstreckte, und zu den anderen Insassen etwas wie »gute Reise«, winkte mit den Händen und wendete sich von ihnen ab.

Es gibt Menschen, die ihre Herzen ausschließlich für pure Bosheit gebrauchen. Und weil sie immer Unterstützer finden, nimmt das Böse kein Ende. Sowohl Sami als auch Aziz, in dessen Wagen Ali und die anderen Flüchtlinge eingestiegen waren, verkörpern dieses Böse. Sie kennen kein Erbarmen mit den Flüchtlingen, die wie Schildkröten ihr Haus auf ihrem Rücken tragen.

Am Morgen nach jener Nacht, in der Ali erstmals nach vielen Wochen wieder eine Gelegenheit gefunden hatte, in einem bequemen Bett zu schlafen, erinnerte er sich an Şamkat, während er noch schlaftrunken die Zimmerdecke betrachtete. Er streckte seine Hand zum Telefon, rief Şamkat an, aber ihr Telefon war ausgeschaltet. Schlagartig sprang er aus dem Bett und schimpfte mit sich:

»Wie konnte ich ihr das antun? Was ist, wenn sie nicht mehr zum Telefon geht? Was ist, wenn ich sie nie mehr erreiche?«

Er lief im Zimmer hin und her und schimpfte mit sich. Ja, er hatte eine sehr anstrengende Reise hinter sich bringen müssen, bis er endlich in Holland seinen Bruder erreicht hatte. Doch kein einziges Mal hatte er Şamkat angerufen! Was wird sie nun über ihn denken? Egal was sie dächte, sie hätte Recht!

Erneut nahm er das Telefon in die Hand und wählte. Aber vergeblich, es war immer noch ausgeschaltet. Jetzt schrieb er eine Nachricht:

»Liebe Şamkat, hier ist Ali. Ich konnte mein Ziel erst gestern erreichen. Ich bitte um Entschuldigung, dass ich mich bei dir nicht gemeldet habe. Bitte ruf mich an, wenn du dein Telefon einschaltest!«

Während Ali die Nachricht schrieb, meldete sich sein Bruder und rief ihn zum Frühstück. Den ganzen Tag über waren Alis Augen auf sein Telefon gerichtet, aber niemand meldete sich.

Viele weitere Tage vergingen so. »Also bedeute ich nichts für sie; wenn es anders wäre, würde sie ihr Telefon einschalten und darauf warten, dass ich mich bei ihr melde«, sagte Ali zu sich selbst.

Als die Krankenschwester ins Zimmer kam, war Şamkat schon bereit für den Aufbruch. Sie nahm ihre neben dem Bett liegende Tasche, in der ihr Telefon steckte, und folgte der Krankenschwester auf den Korridor. Nachdem sie mit deren Hilfe die Entlassungspapiere erhalten hatte, ging sie hinaus in die Grünanlage und stieg in ein Taxi. Als sie den Hügel erreichten, auf dem sie und Ali ihre letzte Nacht verbracht hatten, kam das Zwitschern der Vögel näher.

Während Şamkat mit müden Schritten vorwärts ging, schaltete sie ihr Telefon ein. Nachdem Ali fortgegangen war, hatte sie jede Nacht gegen Morgen ihr schmutziges Hotelzimmer verlassen, diesen Hügel bestiegen und darauf gewartet, dass Ali sie anrief. Aber nie hatte er angerufen. Şamkat holte sich eine Lungenentzündung und musste eine Weile im Krankenhaus zubringen. Und nun war sie wieder auf diesem Hügel.

Şamkat sah auf dem Hügel die Silhouette eines Mannes und dachte sofort, dass Ali dort sitze. Mit schnellen Schritten eilte sie auf den Mann zu. Als sie ihn erreichte, hatte er ihr den Rücken zugewandt. Sie berührte die Schultern des Mannes mit ihrer Hand. Der Mann erschrak und sprang auf. Als Şamkat das Gesicht des Mannes sah, durchfuhr sie ein entsetzliches Grauen. Sein Gesicht war von so tiefen Falten durchfurcht, als ob er Millionen Jahre alt wäre. Kein biologisches Alter konnte derartige Falten hervorbringen. Şamkat verschlug es die Sprache, sie erstarrte, konnte sich nicht mehr bewegen. Der Mann trat ein, zwei Schritte zurück und brachte mit stöhnender Stimme mehrmals nur »Rahmatov!« heraus. Erst als er diesen Namen immer und immer wiederholt hatte, konnte Şamkat verstehen, was er sagte. In dem Augenblick, als sie das hartnäckige Klingeln ihres Telefons wahrnahm, kam sie wieder zur Besinnung. Sie meldete sich am Telefon.

»Şamkat?«, fragte Ali mit bebender Stimme. »Wo bist du, Şamkat? Ich sterbe vor Sorge!«

Şamkat war sowohl von Freude als auch von Angst durchdrungen.

»Ali, hast du doch nach mir gesucht! Du hast mich nicht vergessen!«, konnte sie nur sagen.

Ali spürte die Verwirrung in Şamkats Worten und geriet in Panik.

»Wo bist du? Was hast du? Wo bist du denn?«, wiederholte er seine Fragen – und ganz aus der Ferne drangen Vogelstimmen an seine Ohren.

»Ach, Şamkat, du bist auf dem Hügel. Was tust du dort? Geh sofort weg; dort ist es nicht sicher, wenn du alleine hingehst!«

Während Şamkat versuchte, Alis Worte zu verstehen, kam der Mann immer näher. Şamkat dachte, der Mann könne ihr etwas antun, und wich ein, zwei Schritte zurück. Sie stolperte über einen Stein, das Telefon fiel ihr aus der Hand auf die Erde. Die Rückseite des Hügels fiel steil in eine Schlucht ab. Şamkat wäre beinahe abgestürzt. Sie drehte ihren Kopf hin und her, mal zu dem Mann, mal zu der Schlucht. Ali, am anderen Ende der Verbindung, hörte nur merkwürdige Geräusche und fing an zu schreien. Während der Mann seine Hand nach Şamkat ausstreckte, geriet sie ins Rutschen. Und je näher die ausgestreckte Hand des Mannes auf sie zukam, desto schneller rutschte Şamkat ab. Schließlich griff der Mann mit den tiefen Furchen im Gesicht ins Leere. Şamkat war verschwunden. Aus dem Telefon, das ihr aus der Hand gefallen war, drangen Schreie ans Ohr des Mannes. Es gelang ihm mit Mühen, das Telefon an sein Ohr zu halten. Mit einer Stimme, die mindestens so alt war wie seine Falten, versuchte er, den auf der anderen Seite schreienden Ali auf sich aufmerksam zu machen:

»Ich bin Kurban! Der Kriegsverbrecher Kurban! Rahmatov! Rahmatov! Rahmatov! Ich bin Kurban!«

Namen, Wörter, Begriffe
(überwiegend auf Informationen im Internet beruhend)

Adler

zweite Geburt des Adlers – eine im Orient verbreitete Mythologie

Aitmatow, Dschingis

geboren 1928 in der Kirgisischen Autonomen Sowjetrepublik, gestorben 2008 in Nürnberg. Er war ein kirgisischer Schriftsteller, der hauptsächlich in russischer Sprache schrieb. Seine Erzählungen sind geprägt von der kirgisischen Kultur, ihren Traditionen und Legenden sowie der Auseinandersetzung mit den Erfordernissen der sozialistischen Umgestaltung unter den Bedingungen von äußerer Bedrohung, Krieg und Repressionen. In seinen späten Werken nimmt die Kritik an der Zerstörung der Natur eine zentrale Rolle ein.

Anter, Rahsan

geboren 1948, Tochter des kurdischen Schriftstellers Musa Anter, der 1992 vom türkischen Geheimdienst JITEM ermordet wurde. Rahsan Anter musste nach dem Militärputsch 1980 die Türkei verlassen, lebte 30 Jahre in Schweden, wo sie Kinder mit Down-Syndrom unterrichtete. Seit 10 Jahren lebt sie dauerhaft in der Türkei und arbeitet in dem Dorf Eskimağara (Sivinge), in dem Museum, das den Namen ihres Vaters trägt.

Sie arbeitet in der »Plattform gesellschaftliches Gedächtnis« mit. Diese Plattform wurde von den Angehörigen jener Journalisten, Schriftsteller und Intellektuellen gegründet, deren Mörder nicht ermittelt wurden. Der Mörder Musa Anters, Aygan, hat hingegen seine Tat gestanden und sich mit Rahsan Anter getroffen.

Asterius

Asterios oder Asterion ist in der griechischen Mythologie ein kretischer Herrscher und Gemahl der Europa. In prähellenischer Zeit war Zeus Asterios wohl ein Sonnen- und Himmelsgott der Kreter, der auch in Gestalt eines Stieres erschien und dessen Attribute später auf Zeus übertragen wurden.

Babeuvisten

Anhänger von François-Noël Babeuf (genannt Cajus Gracchus Babeuf), geboren 1760, gestorben 1797, Journalist und ein radikal sozialistischer Revolutionär der französischen Revolution. Nach dem Sturz Robespierres im Jahr 1794 war er ein radikaler Kritiker der Herrschaft des bourgeoisen Direktoriums. Babeuf sah den Fortbestand der Revolution bedroht und entschied sich, den Kampf für seine kommunistischen Ideale im Untergrund fortzusetzen. Mit seinen Freunden bereitete er den Sturz der Regierung vor und forderte als Gründer der **Verschwörung der Gleichen** die Einsetzung des Verfassungsentwurfs von 1793. Der Aufstandsplan wurde verraten, Babeuf und zahlreiche seiner Mitstreiter wurden verhaftet. Babeuf und ein weiterer Führer des Aufstands wurden zum Tode verurteilt und hingerichtet.

Bacbaz-Tanz

»Bacha Bazi« (aus dem Persischen: »Knabenspiel«) ist in weiten Teilen Zentralasiens bekannt. Hier bezieht es sich auf Praktiken, wie sie auch in Afghanistan vorkommen. Die Plattform für MigrantInnen, »kohero«, führt dazu aus: Der Begriff bezieht sich auf eine Situation, in der ein älterer Mann sexuelle Handlungen mit minderjährigen Jugendlichen oder kleinen Jungen ausübt. Die Jungen, die für das »Bacha Bazi« missbraucht werden, sind gewöhnlich zwischen acht und zehn Jahre alt. In den meisten Fällen werden sie entführt oder stammen aus armen Familien, die Geld brauchen und die Jungen verkaufen. Der Mann, der ein Kind entführt hat, ist fortan sein Besitzer und das Kind muss tun, was er sagt. Das »Bacha Bazi« wird meist in einer bestimmten Art und Weise praktiziert: Männer zwingen die Jungen dazu, sich als Frauen zu verkleiden und bei Veranstaltungen zu tanzen. Sie müssen lange Haare haben oder eine Perücke tragen. Sie schminken sich, tragen Fußkettchen mit Glöckchen. Manche müssen auch falsche Brüste tragen. Die Veranstaltung endet mit sexuellen Handlungen. Ungehorsam von Sexsklaven wird oft mit dem Tod bestraft. Die Sklavenhalter und die missbrauchenden Männer müssen nicht mit Bestrafung rechnen, weil sie zur Oberschicht, zu den oberen Polizei- und Militärrängen gehören. Während der ersten Taliban-Regierung (1996-2001) wurden sie strafrechtlich verfolgt.

Bedirxan

Die Familie Bedirxan hat über Jahrhunderte das kurdische Fürstentum von Botan mit der Hauptstadt Cizre regiert. Es war Bestandteil des Osmanischen Reiches und genoss umfangreiche Autonomie-Rechte. Als die Osmanen Ende des 19. Jahrhunderts im Zuge ihrer Reformpolitik die Autonomierechte der kurdischen Fürstentümer und Städte auflösten, führten die Bedirxans den Widerstandskampf gegen die Osmanen an. Nach ihrer Niederlage gehörten sie zu den Mitbegründern der kurdischen Nationalbewegung. Celadet Ali Bedirxan war der Schöpfer des Kurmanci-Alphabets in lateinischen Buchstaben. Sein Bruder Kamuran verließ 1923 die neu gegründete Türkei, studierte in Deutschland, trat 1927 in Syrien der Befreiungsorganisation Xoybûn bei. Er beteiligte sich an der Herausgabe kurdischer Zeitschriften. Er starb 1978.

Bylocker

ByLock war eine App, die es anonymen Benutzern ermöglichte, verschlüsselte Nachrichten zu senden. 2014 wurde sie in Google Play und App Store den Nutzern zur Verfügung gestellt. Türkische Behörden verdächtigen »ByLock«-Nutzer, Anhänger der **Gülen**-Bewegung zu sein, die die Regierung für den Putschversuch vom **Juli 2016** verantwortlich macht.

Céline

Louis-Ferdinand Céline, französischer Schriftsteller, wurde 1932 mit dem Roman »Reise ans Ende der

Nacht« bekannt. Er war Antisemit und Kollaborateur mit den Nazi-Besatzern in Frankreich. Darauf hat der Autor in seinem Originalmanuskript hingewiesen, was aber in der türkischen Buchfassung verlorengegangen ist.

DEP

Partei der Demokratie, gegründet 1993 als Nachfolgepartei der verbotenen HEP, der Arbeitspartei des Volkes. Die DEP wird 1994 verboten. Sie vertritt die Interessen der kurdischen Bevölkerung, tritt für die Gleichberechtigung aller Volksgruppen in der Türkei, für Menschenrechte, Demokratie und Frieden ein - wie auch ihre Nachfolgeorganisationen BDP (2008) und **HDP**. Die HDP wurde 2012 gegründet, seit 2021 läuft ein Verbotsantrag.

FETÖ

Als FETÖ (zu Deutsch »Fethullahistische Terrororganisation«) wird in der Türkei eine Organisation verfolgt, die von der türkischen Regierung für den Putschversuch in der Türkei vom Juli 2016 verantwortlich gemacht wird. Fethullah **Gülen** ist das geistliche Oberhaupt der Gülen-Bewegung, die vor 2016 eng mit der AKP-Regierung zusammengearbeitet hat. Seit 1999 lebt Gülen in den USA.

Zur Gülen-Bewegung gehören zahlreiche Unternehmen, Privatschulen und –universitäten, Bildungsvereine, Radio- und Fernsehsender, eine Nachrichtenagentur, eine Bank, Versicherungen, Verlage und Tageszeitungen, Krankenhäuser, Bildungseinrichtungen, ein Unternehmerverband sowie Gewerk-schaften.

Haco, Ciwan

Der kurdische Sänger wurde 1957 in einem Dorf bei Qamişlo/Syrien geboren. Seine Familie stammt aus Mardin/Türkei, gehörte zu den Großgrundbesitzern und musste nach der Niederschlagung des **Şêx Seîd**-Aufstandes 1925 aus ihrer Heimat fliehen. Nach sei-nem Abitur kam Ciwan Haco 1979 nach Deutschland und studierte Musikwissenschaft. In seine Musik fließen traditionelle kurdische Volksmusik und Ele-mente der europäischen und amerikanischen Pop- und Rockmusik ein.

HDP

siehe **DEP**

JITEM

ist die Bezeichnung für einen informellen Geheim-dienst der türkischen Gendarmerie, dessen Existenz vom türkischen Staat stets geleugnet wurde. JİTEM wird in der Türkei dem »tiefen Staat« zugerechnet und für eine Reihe von Morden an meist kurdischen Menschen im Südosten der Türkei verantwortlich gemacht.

Kadife Kale

Kadifekale (dt.: Samt-Schloss), eine Burg in Izmir, erbaut von Alexander dem Großen.

Kemal, Yaşar

1923 in der Provinz Adana geboren, 2015 in Istanbul gestorben. Seine Eltern wurden während des ersten Weltkrieges wie viele andere Kurden in die westliche Türkei umgesiedelt, wo sie in großer Armut lebten. Dennoch konnte Kemal, als einziges Kind seines Dorfes, die Schule besuchen. Sein Roman »Memed mein Falke« (1950), der in 80 Sprachen übersetzt wurde, hat ihn weltbekannt gemacht. Die Ausbeutung der armen Bauern und Landarbeiter durch die Großgrundbesitzer, die Rebellion der Unterdrückten, deren Elend, Sehnsüchte und Hoffnungen blieben ihm immer die wichtigsten Themen. Yaşar Kemal war gezwungen, auf Türkisch zu schreiben, da seine Muttersprache Kurdisch in der Türkei bis heute verboten ist.

Kropotkinisten

Anhänger von Pjotr Alexejewitsch Kropotkin (1842-1921). Sohn eines russischen Fürsten, wechselte von der militärischen Laufbahn in die Wissenschaft, betätigte sich als Schriftsteller und wendete sich schließlich dem Anarchismus zu. 1874 wurde er im zaristischen Russland inhaftiert und erkrankte schwer. Kropotkin kämpfte für eine gewalt- und herrschaftsfreie Gesellschaft und gilt als einer der einflussreichsten Theoretiker des Anarchismus.

Kurban
türkischer Männername, deutsch: Opfer

Lodingira

Ludingirra. Die türkische Historikerin Muazzez Ilmiye Çığ, die die Geschichte des sumerischen Reiches erforscht hat, berichtet, dass Ludingirra nicht nur ein sumerischer Dichter, sondern gleichzeitig auch ein Lehrer und Schriftsteller war. Er lebte um 2250 v. Chr. in der akkadischen Zeit und wurde 75 Jahre alt. Er beobachtete, wie unter akkadischer Fremdherrschaft die Sprache und die Kultur der Sumerer verloren gingen. Um sie unter der Fremdherrschaft zu bewahren, hat er die Geschichte der Sumerer in Keilschrift auf 23 Tafeln aufgeschrieben.

Poyraz Musa, Hiristo und Lena

sind Figuren aus **Kemals** Roman »Die Ameiseninsel«.

Menschenrechte im Gefängnis

Nach Artikel 25 der Allgemeinen Erklärung der Menschenrechte haben alle Menschen ein Recht auf ärztliche Versorgung. § 104 der türkischen Verfassung räumt dem türkischen Präsidenten die Befugnis ein, Haftstrafen von Gefangenen, die sich aufgrund ständiger Erkrankungen, körperlicher Schwerbehinderung und hohen Alters nicht allein versorgen können, zu verkürzen oder aufzuheben. Grundlage ist ein Attest der Gerichtsmedizin. Das Vollstreckungsgesetz von 2013 legt fest, dass dies nicht für Gefangene gilt, die nach wie vor eine Gefahr für die Gesellschaft darstellen, z.B. weil sie nach Anti-Terror-Gesetzen verurteilt worden sind. Hingegen bekräftigten die Ärztekammer von Ankara und die Gewerkschaft der Beschäftigten im Gesundheits- und sozialen Dienst in Ankara in einer gemeinsamen Presseerklärung vom 31. August 2021, dass das Recht auf Gesundheit als Menschenrecht auch in den Gefängnissen gilt.

MIT

Abkürzung von Millî İstihbarat Teşkilâtı, Name des türkischen Geheimdienstes

Mutki-Aufstand

bzw. Aufstand von Bitlis unter Mela Selîm und Şêx Şahabettîn im Jahr 1914. Er gehört zu einer Reihe von kleineren und größeren kurdischen Aufständen gegen das Osmanische Reich. Sie richteten sich gegen die Politik, die Autonomie kurdischer Regionen (Fürstentümer und Städte) zu zerstören. Die Kurden sollten der Zentralgewalt unterworfen werden, dieser auch Militärdienst leisten und Steuern zahlen.

Newroz

In der Nacht vom 20. auf den 21. März, der Tag-und-Nacht-Gleiche, beginnt das neue Jahr, das in Kurdistan als Tag des Befreiungskampfes, im Iran und anderen zentralasiatischen Ländern als Frühlingsfest gefeiert wird. Die besondere Bedeutung des kurdischen Newroz wird aus der Legende vom Schmied Kawa hergeleitet, der in der Nacht zum 21. März auf den Berggipfeln Kurdistans Feuer entzündete –

als Signal für den Aufstand der Kurden gegen das Terrorregime des »blutsaugenden« Dehok.

Pontos Massaker

Am 19.05.1919 begann für die griechisch-orthodoxe Bevölkerung in der türkischen Schwarzmeerregion (Pontos) die letzte Phase ihrer Vernichtung und dauerhaften Vertreibung. In der türkischen Geschichtsschreibung gilt das Massaker als Bestandteil des Befreiungskriegs, der 1923 zur Gründung der türkischen Republik führte. Für die Pontos-Griechen jedoch, gleich, ob sie an Ort und Stelle ermordet, oder auf den Weg nach Griechenland getrieben wurden, begann eine Leidenszeit, die bis heute nicht aus dem Gedächtnis der Griechen getilgt werden konnte. Schätzungsweise wurden ca. 350.000 Griechen umgebracht, vertrieben oder starben bei Deportationen.

Şahê Bedo

geboren 1976 in Diyadin, Provinz Ağri. Bedo (bürgerlich Sahin Günes) ist einer der bekanntesten kurdischen Sänger der Gegenwart.

Sebrî, Osman

1905 in Kolik, Provinz Adıyaman/Türkei geboren, 1993 in Damaskus gestorben. Er war ein kurdischer Autor und Politiker. Infolge des **Şêx Seîd**-Aufstandes 1925 wurde Osman Sebrî verhaftet und bis 1928 im Gefängnis von Denizli gefangen gehalten. Nach der Freilassung ging er im Jahre 1929 nach Syrien und

Irak. Während seines Syrienaufenthaltes lernte er viele kurdische Intellektuelle wie z.B. Celadet Ali **Bedirxan** und den Dichter Cegerxwîn kennen. Osman Sebrî nahm am Ararat-Aufstand (1926-30) teil, wurde von britischen Behörden in Mosul und Bagdad inhaftiert. 1934 wurde er im Libanon Mitglied von Xoybûn (»Unabhängigkeit«). Er war 1957 ein Mitbegründer der Partiya Demokrata Kurd li Sûriyê (Demokratische Partei Kurdistan-Syrien). Bis 1972 wurde er über 20 Mal wegen seiner Aktivitäten eingesperrt.

Senne-Tradition

im Orient verbreitete Tradition, wonach Männer als Frauen verkleidet tanzen.

Simurgh

ist ein Fabelwesen der persischen Mythologie und auch in der Mythologie der Turkvölker Zentralasiens, der Kurden und bei den Baschkiren anzutreffen, die stark von der persischen Kultur beeinflusst wurden. Er gilt als König der Vögel sowie als Schutzvogel und soll übernatürliche Kräfte haben.

Şêx Seîd-Aufstand

der Jahre 1924/25 richtete sich gegen die 1923 gegründete türkische Republik, die 1924 die religiösen Institutionen des Kalifats beseitigte und die kurdische Sprache in der Öffentlichkeit verbot. Gegen die gewaltsame Türkisierungspolitik rief Şêx Seîd die religiösen Führer und Stammesführer der Kurden zum Aufstand auf. Es gelang ihnen zunächst, zahlreiche kurdische Städte und Provinzen unter ihre Kontrolle zu bringen. Am 23. Februar 1925 verhängte die türkische Regierung das Kriegsrecht. Danach startete die türkische Armee Luftangriffe und eine große Bodenoffensive; insgesamt wurden schließlich ca. 50.000 gut ausgerüstete türkische Soldaten aufgeboten, die mit ihrer modernen Waffentechnik den Aufstand bald niederschlagen konnten. Ende April geriet Şêx Seîd mit 47 Mitkämpfern in Gefangenschaft, wurde zum Tode verurteilt und in Amed/Diyarbakir gehängt. Tausende von Kurden wurden in der Folge getötet; die Bevölkerung ganzer Distrikte wurde in die westliche Türkei deportiert.

Şimşek, Meral

geboren 1980 in Amed, ist eine kurdische Schriftstellerin, die in der Türkei von langer Gefängnishaft bedroht war, weil sie beschuldigt wurde, mit Terroristen zusammenzuarbeiten. Als sie 2021 nach Griechenland floh, wurde sie aufgegriffen, misshandelt, an die Türkei ausgeliefert und zunächst im Edirne-Gefängnis festgesetzt. Auf internationalen Druck insbesondere des PEN wurde sie freigelassen, aber mit Einschränkungen ihrer Bewegungsfreiheit belegt. Meral Şimşek hat Gedichte, Geschichten und Romane verfasst, die in viele Sprachen übersetzt wurden. Sie ist Mitglied des kurdischen PEN, des Vereins der kurdischen Literaten und des Schriftstellervereins von Mesopotamien. Wegen ihrer kritischen Darstellung der politischen und gesellschaftlichen Realität wurde sie immer wieder vor Gericht gestellt und verurteilt

Struma

Name eines 1942 versenkten Schiffes, das über 760 jüdische Flüchtlinge in das damalige unter britischer Verwaltung stehende Palästina bringen sollte. Die Struma erwies sich schon beim Auslaufen aus dem Hafen Constanta als fahruntüchtig und hätte ihre Passagiere in Istanbul an Land bringen können. Doch die britische und die türkische Regierung führten zehn Wochen lang Geheimverhandlungen mit der Jewish Agency for Israel über das Schicksal der Passagiere. Die britische Regierung wollte diese vorgeblich wegen der fehlenden Visa nicht in Palästina einreisen lassen, während die türkische Regierung den Verbleib in der Türkei verhindern wollte und den Landgang verbot. Die Struma musste ihre Fahrt fortsetzen, wurde beschossen, alle Passagiere bis auf einen ertranken. Unklar ist bis heute, ob ein Torpedo eines sowjetischen U-Bootes oder ein deutsches Schnellboot die Struma versenkt hat.

Tespih

Gebetskette der Moslem, vergleichbar mit dem Rosenkranz der Katholiken

TÜPRAS

türkisches Unternehmen, das Ölraffinerien betreibt

»Türke wie der Berg Gottes …

Muslim wie der Berg Hira!« ist die Kampfparole der nationalistischen, rassistischen Bewegung

MHP unter Führung von Alpaslan Türkeş. **Hira** ist ein Berg mit Höhle nordöstlich von Mekka. Hier soll Mohammed seine erste Offenbarung erhalten haben.

Warsan Shire

geboren 1988 in Kenia als Tochter somalischer Eltern. Als sie ein Jahr alt war, zog ihre Familie nach England um. Die somalisch-britische Autorin lebt in London und wurde mehrfach ausgezeichnet.

Xirabesker

ein Dorf bei Qamişlo/Qamişli

15. Juli 2016

Putschversuch in der Türkei, den die Erdoğan-Regierung militärisch niederschlug. In der Folge reagierte sie mit Festnahmen, Massenversetzungen und Entlassungen in der Armee, im Justiz- und Polizeiapparat. Tausende tatsächliche oder auch nur mutmaßliche **Gülen**-Anhänger wurden aus staatlichen Institutionen entfernt. Erdoğan warf Gülen vor, für den gescheiterten Putsch verantwortlich zu sein, was von Gülen bestritten wurde. Dieser behauptete, dass Präsident Erdoğan selbst hinter dem Putsch, den er als »Gottesgeschenk« bezeichnete, gestanden habe.

Der Autor Musa Karbadağ
Stationen seines Lebens/Jutta von Freyberg

Musa wurde 1973 geboren. Seine Familie lebte damals am Rand eines kurdischen Dorfes in der Nähe von Bitlis, einer Stadt in der »Osttürkei« – oder wie die Kurden sagen: Nordkurdistan. Sein Vater war Bauer, der viel Land bearbeitete. Aber da er nicht mit seiner Sippe, seinem »Aşiret«, zusammenlebte, konnte er in Konflikten nicht auf ihre Unterstützung bauen. Diese Schwäche sollte sich bald als verhängnisvoll für die Familie erweisen. Und diese Schwäche hatte historische Hintergründe:

1914 war der Amedî-Aşiret nach dem Mutki-Aufstand* unter Seyîd Elî und Şêx Şehabeddin, die beide von der Jungtürken-Regierung erhängt wurden, geteilt worden. Ein Teil der Sippe wurde nach Qamişlo vertrieben. Musa erzählt: »Mein Vater war ein Dengbêj, ein Sänger. Und wenn er Klagelieder über Seyîd Elî und Şêx Şehabeddin sang, kamen ihm immer die Tränen. Ich habe das damals nicht verstanden.«

Seine schulische Laufbahn war kurz und wenig erfreulich. Begonnen hat sie 1982 in der Dorfschule von Yumrumeşe. Dass er an Kinderlähmung erkrankte, hat wegen der zahlreichen Krankenhausaufenthalte seine schulische Laufbahn oft unterbrochen. Die türkische Sprache hat er dort nicht so recht gelernt, denn seine Mitschüler sprachen ebenfalls ihre Muttersprache Kurdisch. Die mangelhaften Kenntnisse des Türkischen und die Kinderlähmung haben auch seine weitere Schulkarriere geprägt. Eine rapide Verschlechterung dieser Erkrankung fand später während der Haft statt. Dort war dann keine Unterbrechung für notwendige Operationen erlaubt. Das macht ihm auch heute noch schwer zu schaffen.

Die Brutalität der staatlichen Repressionspolitik haben er und sein Familie in den frühen 80er Jahren überaus schmerzhaft am eigenen Leib erfahren.

Es ging um das Land, das sein Vater als Bauer bewirtschaftete. Es war eigenes Land, aber – wie damals häufig - nicht im Grundbuch registriert. Das wurde erst später üblich, kostete viel Geld, das an die Beamten zu zahlen war, und führte oft zu Landenteignungen, weil viele kurdische Bauern das Geld nicht aufbringen konnten. Es ging um Land, von dem die kurdischen Besitzer vertrieben werden sollten, es ging darum, ihren Widerstandswillen zu brechen, aber es ging auch um kurdische Solidarität. Denn der türkische Staat hatte begonnen, die kurdische Bevölkerung aus ihren Dörfern zu vertreiben. In der 80er Jahren spitzten sich diese Zwangsmaßnahmen zu: willkürliche Verhaftungen, Brandstiftungen, Verrat, das System der »Dorfschützer«, kurdische Handlanger des Staates, die – wie später bekannt wurde -, mit dessen Waffen dessen Aufträge »extralegal« wahrnahmen und dafür materielle Belohnung erhielten. Zigtausende mussten ihre Dörfer verlassen. Auf ihrem Fluchtweg in den Westen der Türkei waren sie auf die Hilfe ihrer kurdischen Leidensgenossen, die noch nicht vertrieben waren, angewiesen. Im Haus der Familie Karbadağ erhielten sie die notwendige Hilfe, zeitweilige Unterkunft, Essen und Trinken, bis sie weiterzogen, weiterflohen.

Kurdisches Land und kurdische Solidarität. Das hatte die türkische Polizei im Visier, als sie 1983 begann, der Familie Karbadağ ihre Besuche abzustatten, Angst und Schrecken zu verbreiten und den

Vater zu schlagen, zu prügeln. Immer wieder und über Jahre, bis sein Widerstandswillen gebrochen war. Das war im Jahr 1985.

Musa war 12 Jahre alt, als er ebenfalls mit seiner Familie in die Westtürkei flüchten musste, um dort ein etwas sichereres Leben zu finden. Seine Familie – das waren außer seinen Eltern seine fünf Brüder und drei Schwestern. Sie wohnten dann in Manisa-Turgutlu. Musa, der immer noch kaum ein Wort türkisch sprechen konnte, kam nun in eine Schulklasse, die überwiegend von türkischen Jungen besucht wurde. Einer von ihnen, eine Art Klassensprecher, hatte den Auftrag, Musa und die anderen kurdischen Mitschüler in der Pause zu überwachen. Er notierte, wie viele kurdische Wörter, die allesamt verboten waren, sie sprachen, meldete das dem Lehrer, der die »Verbrecher« bestrafte: »Für jedes kurdische Wort gab es einen Schlag auf die Hand. Wir wurden beschimpft, beleidigt, die Kurden sind irgendwelche Wesen mit Schwanz.«

Musas Mutter war auch in Turgutlu wie eine Kurdin gekleidet. »Wenn ein Elternabend angekündigt war«, so Musa, »hatte ich Angst, dass sie so als Kurdin erkennbar in die Schule ging«. Die kurdische Identität war eine Schmach. »Ich habe mich vor mir selbst, vor meiner kurdischen Identität, geekelt.«

Nach der Grundschule folgte die Mittelschule, die Musa aber aus finanziellen Gründen unterbrechen musste. 1991 verschlechterte sich sein Gesundheitszustand deutlich. Schon vorher hatte er sich nur mit Krücken fortbewegen können. Acht Operationen in Izmir-Urla musste er durchstehen. 1992 war für ihn die Schule vorbei. Es war eine Zeit des Schreckens gewesen. Von den Lehrern wurde er diskriminiert

und von den meisten Schülern missachtet. »Ein Mitschüler«, erinnert sich Musa, »er war arabischer
Herkunft, hat mich einmal an den Haaren gezogen
und beschimpft: ‚Du Terrorist. Kurde = Terrorist!'
Von Kindheit an habe ich das immer wieder gehört.«

Zu Beginn der 90er Jahre hatte die kurdische Be-
freiungsbewegung, die Kurdische Arbeiterpartei
PKK, inzwischen auch in den Städten der West-Tür-
kei Fuß gefasst. Denn dort lebten ja nun die Tausenden von Kurden, die aus ihren kurdischen Dörfern
vertrieben worden waren. Und die jungen Leute
bestanden auf ihrem Menschenrecht, als Kurden
zu leben, mit eigener Sprache und Kultur. Es ent-
stand auch eine demokratische Partei der Kurden,
die DEP*, die die Interessen der Kurden im Parla-
ment und mit legalen politischen Mitteln vertrat.
Bei der Jugendorganisation der DEP hat Musa mit-
gemacht. 1993 hat er mitgeholfen, das erste große
Newroz*-Fest im gesamten Westen der Türkei zu
organisieren. Es war illegal. Trotzdem war der Men-
schenzug nach Manisa kilometerlang. Um die 10.000
Menschen nahmen daran teil. Nach so vielen Jahren
der Unterdrückung kamen erstmals wieder Kurden
in großer Zahl zusammen und hofften, bald mehr
als nur ein wenig daran schnuppern zu können,
was Freiheit für sie sein könnte. Das war die
Hoffnung. Doch was geschah wirklich? Musa: »21
Freunde von uns sind verhaftet und in der Polizeistation festgehalten worden. Wir haben die Station
mit einer Menschenkette umzingelt und ihre Freilassung gefordert. Tatsächlich ist es uns auch gelungen, alle freizukämpfen. Und dann kam der Wendepunkt.«

Die kurdische Bevölkerung hatte ohne jegliche Waffengewalt, nur mit einer friedlichen Demonstration und Kundgebung, die zugleich ein Freudenfest mit Musik und Tanzen war, einen Prozess angestoßen, den die türkische Regierung auf keinen Fall dulden wollte. Im gesamten Ägäis-Raum gingen Polizei und Militär gegen die gerade aufgeblühte, friedliche Bewegung des kurdischen Volkes für seine Rechte vor. Mit Repressionen aller Art: Verfolgung, Razzien, Hausdurchsuchung, Verhaftung, Verschleppung. Mit aller Brutalität wurden die antikurdischen Gesetze erneut durchgedrückt. Das erlebten auch Musa und zwei seiner Brüder. Als bei der Hausdurchsuchung ein Buch in kurdischer Sprache gefunden wurde, wurden sie von einer Antiterror-Einheit zum Verhör gebracht.

15 Tage wurde er ohne das Recht, einen Anwalt zu konsultieren, in Untersuchungshaft gehalten, in totaler Isolation, die Augen mit einer Binde bedeckt, die nur bei den Verhören im abgedunkelten Raum abgenommen wurde. Dann aber richtete man einen sehr hellen, ihn blendenden Lichtstrahl auf seine Augen, die verhinderten, dass er irgendjemanden erkannte. Und immer wieder wurde er geschlagen, misshandelt. Musa: »Ich hatte so wahnsinnige Angst. Ich hätte alles gestanden. Hätte sogar zugegeben, dass ich meinen Vater ermordet habe. Als ich entlassen wurde, musste ich ein Papier unterschreiben. Keine Ahnung, was ich da ‚gestanden' habe.«

Von 1993 bis zum Jahr 2004 dauert die Gefängnishaft – in Buca, in Aydin und in Nazilli.

Einmal wurde er zu einer richterlichen Befragung gebracht, ob er Musa Karbadağ sei. Das bejahte er. Und das war alles. Nach einem Jahr wurde ihm mitgeteilt, dass er als Anführer in einer Terrororganisation zu 21 Jahren Gefängnishaft verurteilt worden sei. Später hat eine höhere Instanz ihn von einem Anführer zu einem Mitglied herabgestuft, was für das Strafmaß Konsequenzen hatte: statt 21 Jahren »nur« 12 Jahre Gefängnis. Musa: »Ich ein Terrorist! Nie hatte ich zu Gewalt aufgerufen, nie Gewalt angewendet, habe nie einen Molotow-Cocktail auch nur in der Hand gehabt oder irgendeine Waffe benutzt.«

Als Musa in Izmir-Buca gefangen gehalten wurde, geschah dies zu einer Zeit, als es üblich war, dass in den Typ-E-Gefängnissen die Politischen gefoltert wurden. So auch Musa. Er antwortete zusammen mit den anderen darauf mit Hungerstreiks, jeweils drei Monate im Jahr. Das Essen war ohnehin miserabel, eine gesundheitliche Versorgung, die diesen Namen verdient hätte, gab es nicht. Und die hätte gerade Musa dringend benötigt.

In den Typ-E-Gefängnissen gab es Gemeinschaftszellen, in denen offiziell bis zu zehn, faktisch aber 40 oder mehr politische Gefangene zusammen untergebracht waren. Beim Hofgang mussten sie zellenweise beisammen bleiben. Sie aßen zusammen, lasen, diskutierten - und Musa lernte Türkisch.

Die Typ-F-Gefängnisse, die später errichtet wurden, waren hingegen Hochsicherheitsgefängnisse vor allem für Menschen, die der Staat als Terroristen endgültig ausschalten wollte - durch permanente Isolation, Folter und Todesstrafe. Ab 2002, als die Todesstrafe abgeschafft wurde, galt ein lebenslanger Freiheitsentzug bis zum Tod des Häftlings.

In dieser »Haftfabrik« war Musa der brutalen Isolation, der Vereinsamung, ständiger, entwürdigender Körperkontrolle und totaler Willkür ausgeliefert.

Einen Anwalt hatte er nie hinzuziehen können. Er stand ja vor einem Militärgericht, da war das nicht zulässig. Als im Jahr 2000 die Militärgerichte als illegal geschlossen wurden, hat man die Urteile, die dort gesprochen worden waren, nicht annulliert, geschweige denn die Verurteilten rehabilitiert. Eine Entschädigung hat er so wenig wie seine Leidensgenossen erhalten. Sein bester Freund Bediran hat die Haft nicht überlebt; Halep Özer und Necmi Akgün, zwei alte Mitgefangene, an die 80 Jahre alt, krank, Blut spuckend, hatten den türkischen Präsidenten um Strafminderung ersucht. Vergeblich. Ihr Antrag wurde abgelehnt.

Musa wird nun zunächst für eine Dauer von fünf Jahren zur Bewährung aus der Haft entlassen, um seine Strafe in der Gesellschaft abzusitzen.

Ab 2015 engagiert er sich im Verein für Solidarität und gegenseitige Hilfe für die Familien von Gefangenen (TAYD-DER) in Izmir, wird Co-Präsident. Er kämpft mit politischen Mitteln, mit Auftritten in der Öffentlichkeit und der Aufdeckung gravierender Missstände gegen die Verletzung der Rechte von Gefangenen, nicht nur der politischen Gefangenen. Der Verein hat sich um die psychosoziale und finanzielle Unterstützung der Familien gekümmert, deren Kinder von Gefängnishaft bedroht oder schon verurteilt worden waren.

TAYD-DER war die erste Organisation, die überhaupt gegen die Existenz von Kindergefängnissen protestiert hat und z.B. in der Öffentlichkeit die doppelte Handschellen-Fesselung anprangerte.

Musa berichtet: »Im Sincan-Gefängnis wurden Jugendliche und auch Männer von Wärtern vergewaltigt. Immer wurden diese Verbrechen unter den Teppich gekehrt. Wir haben sie an die Öffentlichkeit gebracht. Wir wurden von den Eltern dreier inhaftierter Mädchen um Hilfe gebeten, die im Şakran-Kindergefängnis nach Vergewaltigungen schwanger und in Einzelhaft gehalten wurden. Mit einer Gruppe von Anwälten, zivilen Menschenrechtsverteidigern und anderen haben wir diese Verbrechen an die Öffentlichkeit gebracht und Klage eingereicht.«

TAYD-DER hat sich nicht nur für politisch Verfolgte und für Kinder eingesetzt, sondern auch für Frauen, ja für alle vom türkischen System ungerecht behandelten Menschen.

Während seiner Arbeit für TAYD-DER ist es Musa gelungen, fünf Menschen aus den Gefängnissen herauszuholen. Aber Sterbende werden nicht entlassen. Zwar gibt die türkische Verfassung* dem Präsidenten das Recht, dass er schwerstkranke und alte Häftlinge begnadigt oder ihre Haftzeit verkürzt; doch das gilt nicht für Gefangene, die der Anti-Terror-Gerichtsbarkeit unterliegen. »Galt also nicht für Yaşar Dere, Ali Alp, Quling Sevilgen, Samet Çelik. Sie waren schwerkrank und sind im Gefängnis gestorben. Ich konnte nur ihre Leichen aus dem Gefängnis holen und mich um ihre Bestattung kümmern.«

Dass Musa sich eingemischt hat, die Verbrechen in den Gefängnissen öffentlich gemacht hat, das ist der Hauptgrund, warum der türkische Staat ihn derart hasst und verfolgt.

Nach dem Putschversuch vom 15. Juli 2016 hat Musa mit der HDP*-Co-Vorsitzenden Figen Yüksekdağ und mit Sebahat Tuncel, ebenfalls eine

HDP-Politikerin, eine öffentliche Veranstaltung bestritten. Sie protestierten gegen die dem Putschversuch folgenden Repressionen, die sich gegen die demokratische Opposition, insbesondere die Kurden richteten. Das war Anlass genug, ihn erneut unter Anklage zu stellen und ihm eine Haftstrafe anzudrohen. In Izmir-Şakran wurde er acht Monate lang in Haft gehalten, danach unter den Bedingungen freigelassen, dass er sich zweimal wöchentlich bei der Polizei melde und nicht das Land verlasse. »Mein ‚Fall' war schon in Vorbereitung und deshalb beschloss ich, das Land zu verlassen. Zwei Versuche mit einem illegalen Schlepperboot kosteten mich beinahe das Leben. Beim dritten Versuch gelang es mir, die griechische Insel Chios zu erreichen.«

Seit dem 24. Dezember 2019 lebt Musa mit seiner Ehefrau in Frankfurt am Main. Musa publiziert journalistische Texte, einen Gedichtband »Pepûk« (Kuckuck) und die türkische Originalfassung der vorliegenden Erzählungen, »Su Karadan Güvenli Anne«.

Dank an den Autor

Musa Karbadağ hat uns drei Erzählungen anvertraut, die Aufschluss geben über einen extrem dramatischen, mit tragischen Ereignissen und Ängsten angefüllten Abschnitt seines Lebens: seine Flucht aus der Türkei. Das Extreme muss hier betont werden, denn sein Leben vor der Flucht war ja schon geprägt von den Kränkungen der Diskriminierung als Kurde, von Verfolgung und der Hölle elend langer Folter- und Haftjahre, die auf die Vernichtung seiner Persönlichkeit abzielten.

Wir erfahren exemplarisch, welche Auswirkungen die nun schon so lange anhaltende Unterdrückung des kurdischen Volkes in der Türkei auf die Verfolgten und selbst auf die Verfolger haben kann. Wir gewinnen Eindrücke von den seelischen Zuständen der Geflüchteten, die unterwegs sind ins Ungewisse, auf der Suche nach einem sicheren Ort. Wir erfahren von ihren Gefühlen des Ausgeliefertseins an fragwürdige, kriminelle »Helfer«, der Verlassenheit, schlimmer noch: der Leere, der ein Mensch, der die Heimat verloren hat, ausgeliefert sein kann. Und wir lesen und lernen von der lebenserhaltenden Kraft der Solidarität.

Im »Anvertrauen« des Autors ist ein fast übergroßes Maß an Vertrauen enthalten, das er uns entgegengebracht hat, obwohl er die meisten von uns nicht kannte. Ein Vertrauen, das wir als Nicht-Professionelle mit Achtung und Verantwortung gegenüber seinen Texten zu beantworten uns bemüht haben. Wir danken Musa für dieses Vertrauen und auch dafür, dass er uns und seinen Leserinnen und Lesern Aspekte der Flüchtlingsdramatik nahebringt, die den meisten von uns mangels eigener Erfahrungen völlig fremd sein müssen.

Was mehr als ein Jahr »unser Projekt« war, nämlich die Übertragung der in der türkischen Sprache verfassten Erzählungen ins Deutsche, ist nun abgeschlossen und liegt als Buch vor.

Viele haben daran mitgewirkt, haben ihre Beziehungen freundschaftlicher und politischer Art genutzt, um »unser Projekt« bei den nicht seltenen Stockungen immer wieder anzuschieben, haben bei der Suche nach Übersetzern und Übersetzerin geholfen. Wir haben uns zunächst deprimierend viele, gleichwohl nachvollziehbare Absagen eingehandelt; schließlich dann drei »erlösende« Zusagen erhalten: von Derya, Can und Erol. Auf ihren Übersetzungen, an denen sich zum Teil auch ihre Angehörigen beteiligt haben, beruhen die vorliegenden Fassungen. Sie haben die Hauptlast getragen; ohne ihre solidarische Unterstützung unseres Vorhabens lägen die drei Erzählungen jetzt nicht vor.

An der Endfassung haben sich ebenfalls etliche Menschen beteiligt – mit Korrekturen, Beratung und Vorschlägen, immer auf der Suche nach Wortgenauigkeit, wo möglich, angemessenen Sprachbildern, die nicht allzu weit vom Original abweichen, und sachlichen Erklärungen.

Ich hatte es übernommen, die Rohübersetzungen zu bearbeiten. Doch wie schwer die Übertragung eines literarischen türkischen Textes in eine ansprechende deutsche Fassung ist, insbesondere, wenn man die türkische Sprache nicht beherrscht, hatte ich mir zuvor nicht klargemacht. So benötigte auch meine »Schlussfassung« weitere Bearbeitungsstufen und kritische Überprüfungen. Jetzt kann ich nur hoffen, dass unser Gemeinschaftswerk nicht allzu krasse Züge von Dilettantismus aufweist. Wenn doch, bitte ich hier um Nachsicht, vor allem Musa, aber auch die Leserinnen und Leser.

Wir freuen uns, dass uns dennoch einiges gelungen ist, und wünschen Musa, seinem Buch und uns allen, dass es viele Menschen erreichen möge, damit für die vielen Tausenden, die auf dem Weg in die erhoffte Sicherheit oder unterwegs stecken geblieben sind, mehr Hilfe als bisher komme.

Barbara, Bärbel, Can, Derya, Emre, Erol, Eva, Gülfidan, Jutta, Mustafa, Paul, Sevler

Jutta von Freyberg, Berghaupten